ファン文庫

大阪城下
老舗ごふくや事件帖

著　三坂しほ

JN127588

マイナビ出版

CONTENT

大阪城下 老舗ごふくや事件帖

三坂しほ

1　ごふくを幼馴染に

　突然降りはじめた大粒の雨が容赦なく私の顔に当たる。それに気を取られていたせいで足元の大きな水たまりに気がつかず、パシャッと濁った水がハイソックスを濡《ぬ》らし、ローファーの中敷きがじっとりと湿る感覚に顔を顰《しか》めた。

　大阪城公園《おおさかじょうこうえん》の中の桜並木を足早に駆け抜ける。咲いたばかりの桜の花は突然の雨に降られ、無残に散ってしまっていた。その木々の隙間からは、石垣の奥に建てられた大阪城が顔を覗《のぞ》かせている。

　この公園の中には城以外にもさまざまな歴史的建造物があり、その大きさは甲子園球場の二十七個分と言われている。関東出身の私が、近畿では広さの尺度を甲子園球場何個分と表すと知ったのは、最近のこと。甲子園球場であれ東京ドームであれ、いまいちピンとこないのはどちらも同じなのだろう。

「最悪やなあ」

「天気予報、はずれやん」

　すれちがう人たちも、突然の悪天候に不満を漏らしているが、その手にはしっかりとビニール傘が握られている。

　思い返せば朝から不幸が連続していた。

自転車がパンクしていたせいで朝は駅まで全力で走る羽目《はめ》になるし、雨が降ったりやんだりの天気のせいでJRは大幅に遅延。さらに悪いことに、こんな日に限って一限目から抜き打ちの日本史の小テストがあり、言うまでもなく結果は散々。テストの点数と運は関係ないのはわかっているけれど。

不幸が連続した一日をなんとかやり過ごし、やっとの思いで帰る頃には、こうしてまた雨が降ってきた。これから本屋のアルバイトの面接なのに、本当についてない。

今日何度目かの溜息を零《こぼ》しながら、屋根のあるところを探しつつ大阪城公園の中をひたすら走る。

角を曲がったそのときのことだった。

雨が顔にかかるのが鬱陶しくて俯《うつむ》いて走っていた私の視界の先に突然下駄と白い足袋を履いた足が映る。ぶつかる、と反射的に足を踏ん張ったものの、それもむなしく下駄を履いたその人と思いきりぶつかってしまった。

「わっ！」

私はぶつかった反動で、濡れた地面に尻もちをついてしまう。

制服のプリーツスカートが水たまりの濁った水を吸いあげていく。地面についた掌《てのひら》がじんわりと痛んだ。

ふと、傘をさしかけられていることに気がついた。

「すみません、大丈夫ですか」

低い声が頭上から聞こえ、おそるおそる顔をあげると、くすんだ水色の裾が目に入る。それはズボンのように片足ずつ分かれているわけでもなく、はたまたスカートのように広がっているわけでもない。

これって、着物？

「お怪我はありませんか」

顔をあげたと同時に目の前に手が差し出された。

私が雨に濡れないように黒い傘を傾け、困ったように私の顔をうかがうその青年と目が合い、はっと息をのんだ。

少し目にかかるもじゃもじゃの黒髪、すっと通った鼻筋に、二重の優しげなたれ目。その瞳は、日本人には珍しい色素の薄い赤茶色をしていた。

端正な顔立ちの聡明そうな青年だ。

その人は差し出していた手をさらに伸ばして私の頬に触れた。

「失敬、泥がついていましたので」

眉をさげて困ったように笑う彼に、自分の頬が羞恥で熱くなるのがわかった。

「あの、よろしければ僕が働いている店が近くにあるので、寄っていってください。拭くものを用意しますから」

彼は申し訳なさそうにもう一度手を差し出すものの、私の手は地面についてしまって泥だらけ。彼の手を取るわけにもいかず、慌てて両手を振り立ちあがる。

頬が熱くなるのとは正反対に、雨に濡れた体はどんどんと冷たくなっていく。

「とりあえず行きませんか。このままだとあなたが風邪をひいてしまいますし、ね？」

彼は懐《ふところ》からまっ白な手ぬぐいを取り出し私に手渡すと、傘の中に引き入れてくれた。

「僕と相傘《あいがさ》なんて不本意かもしれませんが、少しの間だけ我慢してくださいね」

「そ、そんなことないです、ありがたいです」

泥だらけな上に、ずぶ濡れの私には願ってもない申し出だった。素直にお礼を伝えると、青年はよかったと微笑《ほほえ》み、「こっちですよ」と歩きはじめた。

大阪城公園の北側に位置する飛騨《ひだ》の森を通り抜け、京橋口《きょうばし》から大阪城公園の外に出る。そこから京阪線天満橋《てんまばし》駅の方面へ歩いてすぐのところに、彼が働いているというお店があった。

「ここです。さ、どうぞどうぞ。お入りください」

私は驚きのあまり、ポカンと口をあけてその建物を見あげた。

『ごふくや』

よく時代劇なんかで見る黒い木でできた低い二階建ての家。『ごふくや』と書かれた渋い紫色の暖簾《のれん》がかかっていて、優しい黄色い照明がそれを照らす。入り口横には、紅葉の柄が入っている徳利《とっくり》を背負った大きな狸《たぬき》と行燈《あんどん》のような置物、金魚とビードロを泳がせた石の鉢が置いてある。

大阪に引っ越してきてからよく目にするようになったテレビＣＭが脳裏に浮かんだ。お琴と横笛の優しい音色に合わせて流れる『ごふくを貴殿に』のキャッチコピー。きれいな帯や着物の映像のあとに店の外観が映るアレだ。

そして今、私の目の前にあるのがまさしくその超高級老舗呉服屋さんなのだ。

「ええっ⁉」

「どうかしましたか？」

彼は首を傾げながら不思議そうに尋ねる。

彼はここのアルバイトなのだろうか。こういう店も普通に学生のバイトを雇っているんだな。

私が自己完結していると、彼は怪訝《けげん》な顔をしながら店内に招き入れてくれた。

「こちらです」

おそるおそる、店の中に足を踏み入れる。

店内に入った途端、ふわりと畳のいい匂いとお香のような甘い香りが鼻をかすめる。

そして目に飛び込んできたのは、入って右手に飾られた衣紋《えもん》掛《か》けにかけられている着物。黄色や水色、紅色など色とりどりの丸い花が散りばめられ、上品なかわいらしさがある。

わあ、と感嘆の声をあげると青年は目を細めて微笑んだ。

「少々お待ちくださいね」

彼はそう言うと店内の奥にある暖簾をさらにくぐっていって、「悦子《えつこ》さん、ちょっとおりてきて！」と誰かに向かって叫んでいる。「はーい」と返事をしながら誰かが階段をおりてくる音がすると、暖簾から菫色《すみれ》の和服を着た、姿勢のいい七十代くらいの女性がひょこっと顔を覗かせた。

「ひゃあびっくり！　惣《そう》ちゃんが女の子連れ込んできた！」

少し勝気そうな顔をしたおばあさんは、私と目が合うなり驚いたように目を見開いてそう言う。

「ちょっと悦子さん、変な言い方せんといて。僕とぶつかってしもうて、その子ずぶ濡れやねん、温かいお茶出してあげて」

暖簾の向こうにいる青年が言う。悦子さんとよばれた女性は「えらいこっちゃ。ちょっと待っといてな」と奥に戻っていった。

私はぼう然としながらも、なんとなく辺りを見回した。

独特の落ち着いた古風な雰囲気が漂う店内。物が多いからかこぢんまりした印象に見えるが奥行きがあり、結構広い。

入って左手の少し高くなったところには畳が敷いてあって、その小上がりの壁一面には大きな棚があり、たくさんの巻かれた布や反物が収められていた。畳の上には細長くて平たい箱が積み重ねられていたり、裁縫道具が広げられたりしている。小上がりの前のスペースには、かんざしなどが飾られた小棚やテーブルもあり、私はすごく興味を引かれた。

近くに寄って見てみようと一歩を踏みだしたとき、水たまりを踏むような音がして視線をおとした。

「あっ」

そういえば、私ずぶ濡れなんだった。

私の足元には、小さな水溜まりができている。高級呉服屋の床を水浸しにしてしまったことに、自分の顔面がさっと蒼白《そうはく》になるのがわかった。

どうしよう。とりあえず、これ以上動かないように心がけないと。商品に雨水がかかって買取になるかもしれない、という恐ろしい考えが浮かぶ。

「どうかしましたか？」

店の奥から戻ってきた彼は片手にバスタオルを持って、小首を傾げながら私の前に立った。

「すみません……私、お店の床を」

「床？」

不思議そうに床を見下ろした彼は、ああと納得したように声を漏らしてから小さく笑った。

「気にしないでくださいね、ちょうどこれから掃除をしようと思っていたところです」

そう言ってバスタオルを手渡されると、一層申し訳なさが募った。

「本当にすみません」

「大丈夫ですよ、そう何度も謝らないでください。あ、そうだ。もし電自動温風頭髪乾燥機が必要でしたら、お申しつけくださいね」

……ん？

違和感が駆け巡り、私は眉をひそめた。

「あ、やはり必要ですよね。今出します」

そう言って、また暖簾をくぐって店の奥から手にして戻ってきたのは、いたって普通のヘアドライヤーだった。髪の毛を乾かすアレだ。

「配線用差込接続器は奥の洗面台の端子差込部位に繋《つな》いでお使いくださいね」

やっぱり妙に引っかかる彼の言葉遣い。

無言でいる私に彼は、はっとなにかに気づいたようで表情を曇らせた。

「すみません、いつもの癖がでてしまったようです。どうも、横文字は嫌いで。ええと、この『どらいやあ』の『ぷらぐ』は洗面台の『こんせんと』に繋いでください」

ああ、それだ。納得すると同時に苦笑いが浮かぶ。

この人、カタカナ言葉を全部漢字に直してるんだ……。

変な人だなあと感じながらもタオルとドライヤーをありがたく受け取り、濡れた頭を拭いた。

「なにからなにまでありがとうございます。……ええと」

「ああ、申し遅れました。私、ここの店主代理をしております、三ヶ栄惣七《みかえそうしち》と申します」

彼、三ヶ栄惣七さんは胸に手をあてて、優雅な動きで小さく会釈をした。

三ヶ栄さんって珍しい苗字だな。初めて聞く苗字だ。

「ご丁寧にどうも、私は神谷《かみや》天音《あまね》で……店主？」

聞き返すようにそう言えば、三ヶ栄さんは落ち着いた声で「はい」と頷いた。

店主って、店の主人という意味のはずだ。三ヶ栄さんはこの『ごふくや』の店主代理と言ったけれど、どう見ても大学生くらいだ。

「あ、今は父の代わりで店主をやっているだけですよ。なので、店主代理です。まあ、実質は僕がほぼ切り盛りしていますけどね」

「そ、そうだったんですか」

「本業は学生で、大学四回生です」

「四回生……？」

四回生という意味はわからなかったけれど、三ヶ栄さんはどうやら大学生らしい。学生なのにもかかわらずお父さんの代わりに店主をしているなんて、なんというか……信じられない。

「あ、四回生は四年生という意味です。関西では、学年を何々回生で表すんですよ。天音さんは関西の方ではないのですね？」

「あ、はい。最近引っ越してきたんです」

そんな話をしていると、暖簾の奥から先程のおばあさんがお盆に湯呑《ゆの》みをふたつのせて戻ってきた。小上がりの縁にそれを置く。

「あれ、悦子さんの分は？」

「いや、うちもう帰るわ。時間やし」

おばあさんがそう言うと、三ヶ栄さんは申し訳なさそうに眉をさげて笑った。

「気にせんでええから、その代わりに若いバイトさん早《はよ》うつかまえてきて」

からからと笑ったおばあさんは豪快に三ヶ栄さんの背中を叩くと、「ほなお先に」とお店から出て行ってしまった。

いただいたお茶を飲んでから、ずぶ濡れのローファーとソックスを脱いで、暖簾の奥のバックヤードにある洗面台を借り、ドライヤーで髪を乾かさせてもらった。

素足にローファーだけはいて店内に戻る。

「すみません。図々しくドライヤーまで借りてしまって……お店、営業中ですよね、すぐにお暇《いとま》させていただきます」

タオルは洗って返したいけれど、私がまたここに来るのは迷惑だろうか。

そんなことを考えながら私が店の入り口のほうに向かうと、三ヶ栄さんは端に立てかけてあった傘を私に手渡した。

「傘もその手ぬぐいも返さなくて結構ですから」

そう言ってにこりと微笑んだ三ヶ栄さん。きっちりと線を引かれ、遠まわしに「関わりたくない」と言われたような気がして、私はなんとも言えない表情で小さく頭をさげた。

「……って、面接！」

はっと気づいて慌ててスマートフォンで時間を確認するも、本屋のアルバイト面接の時間はとうに過ぎていた。

「そ、そんな」

面接から遅刻だなんて絶対に雇ってはもらえないだろう。やっぱり今日はついてない日だ、とがっくりとうなだれた。

とりあえずお詫《わ》びの電話入れておかないと……。

「よかったら……もう少し、雨宿りしていきます？」

肩を落としている私に、三ヶ栄さんは静かにそう聞いてきた。タオルとドライヤーまで借りた上に図々しいかも、と思ったものの、制服がまだ乾いてない中で寒い雨空の下に再び出るのがためらわれた。それに老舗呉服店には興味がある。いたたまれない気持ちになりながらも、お言葉に甘えて雨が止むのを待たせてもらうことにした。

「では、せめてなにかお手伝いさせていただけませんか？　お世話になりっぱなしで、申し訳ないです」

私がそう申し出ると、三ヶ栄さんは驚いたようにこちらを見た。

「あ、その……一宿一飯《いっしゅくいっぱん》の恩義といいますか、その……」

ごにょごにょと口ごもる私を見て、三ヶ栄さんはクスッと笑った。今までの笑い方とはちがった、なんだか心から笑っているような笑顔にドキンと胸が高鳴り、頬が熱くなる。

「天音さんは古風な言葉をお使いになるんですね。では、店の掃除を手伝っていただけますか？　でもその前に、その制服を着替えないと風邪をひいてしまいますね」

　三ヶ栄さんはそう言うと、棚からひとつの長方形の細長い箱を取り出した。それを私に差し出すと小上がりの奥にある障子を指さした。

「これに着替えてください。奥に部屋があるので使ってくださいね」

　箱には浴衣が入っていた。「いいんですか？」と私がそう聞く前に、三ヶ栄さんは私にローファーを脱ぐように手引きし、背中を押して小上がりにあがらせ、奥の間へと案内してくれた。

　案内されたその和室は畳六畳分の広さで、大きな姿見が置かれていた。試着専用の部屋なのだろうか、無駄なものが一切なく清潔感のある部屋だ。

「着替えがすみましたら、声をかけてくださいね。制服を乾燥機にかけましょう」

「本当に、なにからなにまでありがとうございます」

　恐縮しながら部屋に入って障子を閉めた。まだ湿っている制服を脱いで畳が濡れないように端に寄せ、箱の中の浴衣を広げた。

「わあ、かわいい」

　落ち着いたクリーム色の布地に黄土色の波模様、パステルカラーの芥子《けし》の花や、茎や葉の赤や青色がクリーム色に映えていて、大人っぽすぎず子供っぽすぎず、とても上品な浴衣だ。控えめな紺と青の縦縞《たてじま》模様の帯が添えられていた。

　久しぶりに着る浴衣に四苦八苦しながらも、昔おばあちゃんに習った着付けを思い出しつつ、なんとか着替えることができた。姿見でさっと全身を確認して障子をそっと開ける。

「三ヶ栄さん？」

畳の上に座って反物を広げていた三ヶ栄さんに声をかけた。

「天音さん。どうでしたか？　丈は……これはこれは。かわいい幽霊さんですね」

「幽霊？」

三ヶ栄さんはふふと笑うと、自分の着ている着物の前合わせを軽く引っ張った。

「着物は右前。左前は死に装束ですね」

「死……！」

目を見開いて慌てて自分の前合わせを確認していると、三ヶ栄さんは立ちあがって私のそばに歩み寄った。

「向かいあった相手のほうから見て、右が前ということです。ほかに、いい覚え方がありますよ」

そう言って私の背後にまわった三ヶ栄さんは、私の肩に手をトンと置いた。

「男が後ろから抱きついて、女の胸元に右手を入れやすいように着んねんで」

耳元で囁《ささや》くようにそう言われ、意味を理解した瞬間、赤面した。

三ヶ栄さんの手先が首筋に少し当たって、私が大きく肩を飛び跳ねさせると三ヶ栄さんはクスリと笑って意地悪い笑みを零した。

「天音さん、ほんまおもろいわ」

「な、なんか三ヶ栄さん人格変わってませんか！　しかも、大阪弁！」

「大阪人が大阪弁使ったらあかん？」

「いや、その。三ヶ栄さん、私に標準語だったから……あかんってわけじゃ」

動揺しすぎて、自分でもなにを言っているのかわからなかった。

クスクスと笑いながら、三ヶ栄さんはまた元の位置に座った。動揺しまくりの私を尻目に、落ち着いた手つきで反物を直していく。

「天音さん、着替え直しておいでなさい。左手やったら入れにくうて、かなわんわ」

私は脱兎《だっと》のごとく先程の和室へ駆け込むと、前合わせを直してもう一度鏡で確認してから戻った。

「似あってますよ、天音さん」

目を細めて褒めてくれる三ヶ栄さん。

そういえば昔なにかの雑誌で読んだのだけれど、和服が似あう体型というのは、なで肩で体にあまり凹凸がなく、腰高でないことだそうだ。現代の感覚からすると決してスタイルがいいとはいえない体型だ。

どういう意味で三ヶ栄さんが似あっていると言ったのかは定かではないが、それを思い出し、私は曖昧に笑いながらお礼を言った。

「ところで、三ヶ栄さん。私はなにをすればいいのですか？」

「それでは、掃除を手伝っていただけますか？　そこの棚とそこの……」

三ヶ栄さんが言いかけたそのときだった。

「若先生、こんにちはー！」

「こんにちはー！」

元気な挨拶とともに、バックヤードから手提げカバンを持った子供たちが暖簾をくぐってぞろぞろと店内に入ってきた。『若先生』というのは、どういう意味だろう。

「皆さん、こんにちは」

三ヶ栄さんが座っている小上がりの前に子供たちが集まってくる。

「さっきな、お教室行ったけど、大先生おらんかったで」

「またおらんかった！」

「ごめんなあ、大先生また逃げよってん。僕があとから行くから、先に皆で二階にあがっといて」

「はーい！」

そう元気よく返事をした子供たちは、ドタドタと店の奥に入っていった。

「若先生って、三ヶ栄さんのことですか？」

私がそう尋ねると、三ヶ栄さんは頬を掻《か》きながら苦笑いした。

「じつはここの二階にそろばん教室を設けているんですよ。父がつくった教室なんですけど、人手が足りなくて今は僕が見ているんです。店の裏口を教室の生徒用の出入り口にしているんですよ」

まさか、有名呉服屋さんの二階がそろばん教室だなんて思ってもみなかったので、私は目を丸くする。

「大和男児たるもの、このくらいはできて当然ですよ」

三ヶ栄さんはぐっと拳を握りしめて、ふわりと微笑んだ。

「若先生、まだー？」

上の階から子供たちが三ヶ栄さんを呼ぶ声が聞こえた。

「あ、あの。私のことはお気になさらず、行ってあげてください。迷惑にならない程度に、お掃除させてもらいます」

と言っても、掃除するほどでもないくらい、店の中はきれいだけれど。

心の中でそうつけ足しながら言うと、三ヶ栄さんは申し訳なさそうな顔をしながら立ちあがった。

「本当にすみません、とっても助かります。一時間ほどで教室は終わりますので」

「ほうきとかお借りできますか？」

「はい、そこにあるのを使ってください。本当にありがとうございます」

三ヶ栄さんは一礼すると、早足で階段を上っていった。その姿を見届けて、三ヶ栄さんが指さした場所にあるほうきや雑巾を手に取った。

「こ、これは」

二階の教室からおりてきた三ヶ栄さんは、バックヤードと店を隔てている暖簾の前で固まって声を震わせてそう言った。

軽く雑巾がけをして、棚を拭いたり店内を掃いたりしていたら、あっという間に一時間が経《た》っていたようだ。

これから窓ガラスを拭いて、三ヶ栄さんが戻ってきたらゴミ出しの場所を聞いてゴミをまとめようと思っていたのだけれど。

「だめでしたか……？」

おそるおそる私が尋ねると三ヶ栄さんは勢いよくこちらに歩み寄ってきて、そして胸の前で私の両手を握った。突飛な行動に、私は驚いて目を丸くする。

「すばらしいです！　完璧すぎて、涙が零れそうです！」

ぶんぶんと手を振って目を輝かせている三ヶ栄さんは興奮気味に言った。

「あ、ありがとうございます」

たいしたことはしていないんだけれど。三ヶ栄さんの過大評価のように思う。

「いくつか質問してもよろしいですか？」

私が戸惑い気味に頷くと、三ヶ栄さんの瞳の奥がキランと光った気がした。

「天音さん、畳が汚れたらどうしますか？」

「えっと、水などを零した場合は小麦粉をふりかけて水分を吸収してからタオルで軽く拭き取ります。黄ばみは酢を薄めた水で拭くといいです」

「和室を掃除する際の心得《こころえ》は？」

「心得……水は畳や障子の天敵なので、拭くときも雑巾は固く絞る？」

私たち、いったいなんの会話をしているのだろうか。

「天音さん……僕と結婚してください」

「はあ……って、ええ！」

まさかの言葉に、私が引きつった笑みを浮かべながら固まっていると、三ヶ栄さんははっと目を見開いた。

「すみません、冗談です。いや、この場合冗談と言うほうが失礼ですか？　突拍子もないことを言ってしまってすみません。それほど感動しました」

「あ、あはは。本当に突拍子もなかったです……」

バクバクと高鳴る胸に手を当てて、少し深呼吸した。

「天音さん」

今度は三ヶ栄さんの落ち着いた声が私の名前を呼んだ。

「うちで働いてくれませんか？」

＊＊＊

「お疲れ様です」

「天音さん。今日もよろしくお願いしますね」

にこりと微笑む三ヶ栄さんに頭をさげて挨拶を返した。

学校が終わって、ＪＲ大阪環状線の大阪城公園駅から大阪城公園を通ってこのお店『ごふくや』まで徒歩で数分。天満橋の駅からのほうが近いのだけれど、大阪城公園を散歩しながら店に向かうのが好きなのだ。今日も飛禅の森を通ってバードウォッチングしながら、店までやってきた。飛騨の森は四季それぞれの自然を楽しめて、野鳥もたくさん飛んでいる。過去には、都市では珍しい鳥なんかも観察されたらしい。知る人ぞ知るスポットだ。

私が『ごふくや』でアルバイトをはじめて一週間が経った。

一週間前のあの日、三ヶ栄さんの熱烈な勧誘を受けて、はじめた老舗呉服屋のアルバイト。本屋でのアルバイトが反故《ほご》になってしまった私にとっては、三ヶ栄さんの誘いは願ったり叶ったりなことだった。

『ごふくや』は、三ヶ栄さんのお父さんである店長と三ヶ栄さん、そして初めてここへ来たときに会ったおばあさん、悦子さんの三人で店をまわしている。そのはずなのだが、店長には放浪癖があるらしい。今も放浪中の店長の仕事がすべて三ヶ栄さんにまわってきて、大忙しなのだという。

さらにそろばん教室が入ると店番ができなくなってしまうことが多々あるのだとか。これまでは悦子さんに無理を言って遅くまで店番を頼んでいたが、最近悦子さんが膝を悪くしたとかで本当に人手を要していたらしい。

アルバイトに入ってわかったのだが三ヶ栄さんはそろばん教室のほかに書道教室と剣道

教室もやっていた。私はその書道教室とそろばん教室、それと剣道教室がある月・水・金曜日の夕方と、来客の多い土曜日と日曜祝日の店番を任されることになったのだ。

仕事着の入った紙袋を抱えて、店とバックヤードを仕切る暖簾をくぐり左手にある部屋に向かった。

紗綾形《さやがた》と呼ばれる卍《まんじ》の形を崩して連続させた文様のからし色の作務衣《さむえ》に着替えて、羊羹《ようかん》色の前掛けをする。これが私の仕事着だ。使われている布地は明らかに上等なものだと、肌触りからひしひしと伝わってくる。

「よし」

鏡で姿を確認してから店に出る。

文机《ふづくえ》で帳簿を開いている三ヶ栄さんを横目に、静かにほうきを手にする。

「あ、天音さん。悦子さんは今日通院の日らしいので先に帰りましたよ。なのでわからないことがあったら遠慮なく僕に聞いてください」

いつも仕事内容は悦子さんから教えてもらっていた。まだわからないことが多いので三ヶ栄さんがそう申し出てくれて胸を撫でおろした。

「それと、今日は予約が入っていますので、お客様がいらっしゃいますよ」

「あ、はい！　頑張ります」

と言ったはいいものの、なにを頑張ればいいんだろう。

この一週間の主な私の役割は、店先を掃いたり店内を掃除したり、お仕立てやお直しの依頼に来たお客さんにお茶を出したり、反物の整理をするという簡単なものだ。

「そんなに気を張らなくても大丈夫ですよ」

三ヶ栄さんはおかしそうに笑ってまた帳簿に視線を落とした。

お客さんが来るのだったら、先に店の前をきれいにしようかな。

「店先を掃いてきますね」

「はい、よろしくお願いします」

小首を傾げて微笑む姿に、頬が熱くなるのを感じて、逃げるようにして外へ出た。ふう、とひと息吐いて手を動かしはじめる。

私が店先を掃きおえ、店内の掃除をはじめてしばらく経った頃、お店の扉が開いた。

「こんにちは、惣七くん」

ゆっくりとした動作で入ってきたのは、京藤色の着物をまとった五十代くらいの品のある女性だ。

「いらっしゃい、霧子《きりこ》さん。お久しぶりです」

三ヶ栄さんがすっと居住まいを正してお辞儀をした。

私も掃除する手を止め、それにならって頭をさげる。

「久しぶりやね、惣七くん。それにしても、相変わらず大先生は逃走中なんやね」

親しみやすいコテコテの大阪弁になんだか緊張が解けた。

「ホンマに困った人ですわ。店のこともそろばん教室も書道教室も剣道教室も。全部僕に任せっきりで、悠長に海外旅行て。いい加減にしてほしいで、ほんまに」

にこりと笑いながら言うものの、その言葉には棘《とげ》がある。そして女性を小上がりへと導動した。

それに応じて小さく笑い、畳に腰をおろす女性と目が合った。あらまあ、と目を瞬かせたその女性は、三ヶ栄さんに小声で「新しい女の子雇ったん？」と聞いている。

「うち、仙道《せんどう》霧子言います。帝塚山《てづかやま》のほうで小料理屋やってるんよ」

「あ、申し遅れました。アルバイトの神谷天音です。高校生です」

「天音ちゃん、やね」

よろしくお願いしますと頭をさげると、霧子さんはにっこりと笑った。

「なんや、えらいええ子つかまえたんやなあ、惣七くん」

「ええ、ほんまやで。掃除もできて、気遣いもできる。天音さんはすばらしい女性やと思います」

「み、三ヶ栄さん。からかわないでください！」

私が慌ててそう言うと、三ヶ栄さんは「からかうなんて、とんでもない」と上品な笑みを浮かべた。

恥ずかしさにかあっと頬が熱くなり、バクバク鳴る胸をそっと押さえながら小さく息を吐いた。

「せや天音ちゃん、知ってる？　惣七くんはな、二級和裁技能士、書道普通科師範、珠算十段、剣道五段、それに日本語検定……」

「や、やめてや霧子さん。自慢するようなこととちゃいますって」

頬をほんのりと赤くした三ヶ栄さんは、ぽりぽりと頬を掻いた。その様子は霧子さんの言ったことを肯定するようだった。

「大先生が勝手に開いた教室を、惣七くんが手伝っているんよね」

霧子さんは、少し自慢げにそう教えてくれた。そして、思い出したように続けた。

「あ、そうそう！　娘の百合《ゆり》がね、結婚するんよ」

「それはおめでとうございます」

畳に指をついて頭を下げる。そして心から嬉《うれ》しそうに笑った三ヶ栄さん。もしかすると、霧子さんの娘さんとも知り合いなのかもしれない。

「おおきに。まあ、うちらが勝手に話を進めたお見合い結婚やねんけどな」

そう言うと霧子さんは、ふと表情を曇らせ視線を落とした。三ヶ栄さんが不思議そうな顔をする。

「なにかあったん？」

三ヶ栄さんにそう尋ねられると、霧子さんは困ったように眉をさげる。どうやら言いにくいことらしい。私がいないほうが話しやすいかもしれないと思い、腰を浮かせたそのとき。

「脅迫状……」

霧子さんの口から発せられた物騒な単語に動きが止まった。三ヶ栄さんが「脅迫状？」とその単語を反復する。神妙な表情で霧子さんはひとつ頷いた。

「百合宛に『婚約を破棄しろ』て内容の脅迫状が届いててん。しかも、ずいぶん前に届いとったって言うんよ」

溜息まじりにそう言って霧子さんは力なくうなだれる。三ヶ栄さんは腕を組んで「妙やな」と呟《つぶや》いた。

「せやろ？　結婚式前に脅迫状なんて……」

「いや、そことちゃいます。妙なんは、なんで今頃になって霧子さんが知ったんかってことやん。だって考えてみてや、もし脅迫まがいの手紙が自分のところに届いたら、すぐ人に相談せん？」

それを聞いて私はたしかに、と頷いた。もし私がそんなものを受けとったら迷わず誰かに相談するだろう。そうすれば霧子さんの耳にも入るはず。となると、どうして霧子さんの娘の百合さんは誰にも相談しなかったんだろうか。

私はひとつの答えを導いて、あ、と声をあげた。三ヶ栄さんと霧子さんが一斉にこちらを向く。

「もしかして、百合さんは犯人をご存じだったりして……」

さっき霧子さんは「勝手に話を進めたお見合い結婚」だと言っていた。霧子さんが相手側の意思を無視していろいろ進めたのだとしたら、相手やその家族が結婚に対してじつは不満を持っていて乗り気になれない、なんてことがあるかもしれない。それを、百合さんも知っていて、破談にしたくなくて黙っていたとか……。

「犯人は、その婚約者さんだったりして……」

私が呟くと、霧子さんは豪快に笑いだした。三ヶ栄さんもおかしそうにクスクスと笑っている。

「天音ちゃん、あんた二時間サスペンスとか好きやろ！」

そう言われて、一気に恥ずかしさがこみあげてきて赤い顔を隠すように俯いた。

「名推理してくれたんはありがたいけど、それはちゃうやろうなあ」

「そ、そうですよね」

常連さんに対して、しかも初対面で失礼なことを言ってしまったかもしれない。

しかし、霧子さんは気を取り直したように手を打った。

「まあ、そんなんただのいたずらやろうけどね。それで、話を戻すけど、今日は百合の結婚式に着る着物を仕立ててほしくて来たんよ」

「ほな、黒留袖《とめそで》用の反物を選びましょか」

黒留袖、和服にあまり詳しくない私でも知っている。黒留袖は既婚女性が着る最も格の高い礼装だ。

どんな反物がいいかと三ヶ栄さんと霧子さんが話し込みはじめたので、私はバックヤードでお茶を淹《い》れることにした。

バックヤードで急須にお湯を注ぎながら、先程霧子さんが言っていた三ヶ栄さんの数々の資格を思い出した。和裁技能士に書道に剣道……。ほかにもまだあるような言い方だった。

淹れたお茶とお菓子をお盆にのせて店に戻ると、三ヶ栄さんと霧子さんは小上がりの畳に座って談笑していた。私は霧子さんと三ヶ栄さんの前の畳に静かにお茶と茶菓子を置いた。

「あ、三ヶ栄さん。その反物で仕立てるんですね」

畳の上に置いてある巻かれた布を指さして尋ねる。

「はい。こちらは黒留袖に仕立てる反物と、こちらは合わせる帯です」

三ヶ栄さんは丁寧な手つきで反物と帯をゆっくりと広げた。

「わあ……とても素敵ですね」

「淡い灰色を足した黒い地に、枝垂《しだれ》桜や菊、流水文様などといったものが描かれている反物。合わせる帯は、金色の地に、華文と唐草が織り込まれたものです。唐織《からおり》といわれる織物です。重厚で柄が立体的に見えてとても、とても美しいですね」

ひとつずつ指をさしながら模様を説明してくれた三ヶ栄さんは、目を少し潤ませ、熱っぽく語った。

「相変わらずやね」

霧子さんが苦笑いをして言う。きっと着物を語るときの三ヶ栄さんはいつもこうなのだろう。

「ほんまに霧子さんによう似おうとります。ほなさっそくこの反物で仕立てさせもらいますわ」

「よろしくなあ、惣七くん」

話がひと段落つき、霧子さんと三ヶ栄さんがお茶をすすったのを見て気づいた。

あれ、話の流れからするとまさか……。

「三ヶ栄さんが仕立てるんですか？」

霧子さんが当たり前だという様子で答える。

「せやで。惣七くんはこの『やくふご』で六歳から学んでたんやから。あ、そういえば、あんとき初めてつくったの、なんやったっけ？」

三ヶ栄さんは顎に手を当てて首を捻る。

「長襦袢《ながじゅばん》やったような気がするけど」

「そうそう！　すごいやろ！　六歳で長襦袢やで！」

霧子さんがまた、嬉しそうにそう教えてくれた。

私は三ヶ栄さんに感心する一方で、『やくふご』という聞きなれない言葉が気になった。

「あの、『やくふご』ってなんですか？」

私がそう聞くと、三ヶ栄さんと霧子さんはぽかんと口を開けた。そして数秒の間をおいて、霧子さんはお腹を抱えて笑いだした。

「なにって、天音ちゃん！　あんた『やくふご』で働いてるやないの！」

「え？　私は『ごふくや』さんで働いていて……」

「だから、老舗呉服屋の『やくふご』で働いてるやない！」

老舗呉服屋の『やくふご』？

眉を寄せて考えていると、見かねた三ヶ栄さんが口を開いた。

「戦前は文字を右から左へ読んでいたことはご存じですよね？」

「はい」

「店の暖簾はずいぶん前のものですから、右から読むのが正確です。店名の由来もちゃんとあるんですよ。江戸時代、倒語《とうご》というものがはやっていたんです。その名のとおり、言葉を逆の順序で読む方法です。この呉服屋は江戸時代に創業したので、店の名前は当時はやりに乗って、『ごふくや』を反対から読んで『やくふご』にしたのだと聞いています」

「天音ちゃん、ずっとまちがってたんやな」

霧子さんが苦笑いをしながらそう言った。

私も引きつった笑みを浮かべた。ずっと老舗呉服屋『ごふくや』だと思っていた。〝呉服屋ごふくや〟って、二回続くんだなあなんて考えていたけど、まったくおかしいと思わなかった。

「仕方ないですよ。放送広告では倒語のまま反対から表記されていますから、まちがう方が多いんです」

三ヶ栄さんはにこやかにそう答えてくれた。

放送広告……あ、テレビCMか。たしかに店の外観とともに、左から読んで『ごふくや』という文字がCMの最後に表示されていた気がする。それでも、ここで働いているのに、店の名前をまちがっていたなんて、申し訳ない気持ちでいっぱいだ。

「ほんなら、惣七くんよろしくなあ」

霧子さんはひとしきり談笑しおわったあと、ひとつお辞儀をした。

「いつもおおきに霧子さん。ありがとうございました」

三ヶ栄さんと店先で見送り、霧子さんの姿が見えなくなってから店に戻った。

「それにしても、天音さんはずっと『ごふくや』だと思っていたんですね」

「お恥ずかしい限りです……申し訳ありません」

「あかんなあ」

その声に「え?」と顔をあげると、意地悪な笑みを浮かべた三ヶ栄さんと目が合った。

「天音さん、ちゃんと知っとかなあかんやん」

「うう。すみません」

私は立ち止まって俯いた。

かつんかつん、と三ヶ栄さんの下駄の音がこっちに近づいてきたかと思うと、視界の先に下駄がうつった。そして、白い手が私の顎を捉えて、すっと上をむかせた。三ヶ栄さんの目が私を捉えている。

「一生忘れられへんように、僕がみっちりいろいろと教えたろか？」

どどっ、と鼓動が速まるのを感じる。瞬時に、熟したトマトのように私の頬が赤くなったのがわかる。

「けけけけけ、結構です！」

「そら残念」

私がそう叫ぶように言いながらあとずさると、三ヶ栄さんは口元に拳を当ててクスリと笑った。

「受験勉強に役立つ、効率のいい暗記方法をお教えしようと思ったのですが」

「え？」

三ヶ栄さんがそれはそれは残念そうに言った。

「おや？　天音さんはなにかちがうものだと思っていたのですか？」

「わ、私をからかったんですね！」

三ヶ栄さんは、相変わらず意地悪い笑みを浮かべながらくくっと笑っている。

「もうまちがえません！　ちゃんと覚えました！」

速まる鼓動を感じながら、小上がりにあがり、いそいそとお盆に飲みおわった湯呑みをのせて逃げるようにバックヤードに入った。本当に、心臓に悪い。

「天音さん」

「は、はい！」

暖簾の向こうから私を呼ぶ声が聞こえて、はじけるように振り返る。

「み、三ヶ栄さん」

暖簾をくぐる三ヶ栄さんと目が合う。

「そこが終わったら、着物を仕立てる工程を見てみませんか？」

ニコニコといつもの笑みを見せながら、三ヶ栄さんはそう提案してくれた。

見たいです、と笑顔で即答すれば三ヶ栄さんは嬉しそうに微笑んだ。

「それはよかった。では、先に片付けを手伝いましょう。ふたりでやればすぐに終わります」

そう言って、三ヶ栄さんは懐からたすきを取り出し、手際よくたすき掛けをした。三ヶ栄さんが纏《まと》う柔らかな雰囲気からは想像がつかないしっかりした体つきが露《あら》わになる。透明感のある女性のような肌なのに、腕の筋肉は剣道をやっているからかほどよく引き締まっていて男らしい。

「どうかしました？」

「あ、いえ！　なにも」

思わず見とれていた私は慌てて目線を戻し、カチャカチャと食器を洗った。

「天音さんは食器まで、効率よく洗うんですね」

へ？と間の抜けた声をあげながら、三ヶ栄さんを見あげた。

三ヶ栄さんは感心したように頷くと、食器を指をさした。

「蛇口の真下に、重ねるようにしておくと効率よく泡が流せますよね。自然とできる人は少ないですよ」

「いえ、そんな。三ヶ栄さんは私を過大評価しすぎです。祖母がこういったことに厳しい人だったので、いつの間にか身についてしまっていたみたいです」

少し恥ずかしくなって、俯きながらそう答えた。もともとはおばあちゃんから教えられたもの。褒められるようなことはなにもない。

「そんな謙虚なところも、いいところやで」

私が照れているのに気づいたのか、意地悪い三ヶ栄さんが顔を出す。

「もう、三ヶ栄さん……」

早く終わらせようと、せっせと手を動かした。

＊＊＊

「おはようございます」

「おはようございます、天音さん」

今日も、いつもどおりのルートで『やくふご』まで歩いてきた。

この挨拶は、入りたてのときに三ヶ栄さんから教えてもらった商《あきな》いの基本のひとつで、お店に入るときはいつも「おはようございます」と言わなければいけないらしい。

「こんにちは」や「こんばんは」は頭に「こん」がついているので、あまりよくないとか。つまり、「こん」「来ん」「来ない」といった意味になってしまう。お客が来ん、とならないように店の人同士の挨拶には「おはようございます」を使うのだそう。

「三ヶ栄さん。今日は六時半から剣道の先生ですよね」

「はい。二時間の稽古なので、閉店の八時になったら施錠をして、鍵を道場まで持っていただけますか？」

剣道教室は大阪城内にある修道館《しゅうどうかん》というところで行われているそうだ。

「はい、わかりました」

そう頷き、仕事着に着替えるため店の奥に入った。バックヤードでそろばんをはじき帳簿をつけていた悦子さんにも声をかける。

「おはようございます」

「ああ、天音ちゃん。お疲れさん」

眼鏡のブリッジをおしあげて微笑んだ悦子さんは、ふうと深く息を吐くと大きく伸びをする。

「今月も黒字や、安泰安泰」

そう言って満足げに笑う悦子さん。

「あの、ずっと不思議だったんですけど、お客さんの入りは少なめなのに、どうやって儲《もう》けを出しているんでしょうか」

お客さんの入りは少なめ、の部分だけ声を小さくして尋ねると、悦子さんはおかしそうに吹きだした。

「たしかに少なめやなあ。でもうちの店は霧子さんみたいな太客《ふときゃく》をようさん抱えてるからやな。あとは、若い人向けにお手頃価格の髪留めとかがま口財布なんかの小物も売ってるし。まあ呉服屋に入ってくる若い人が少ないから認知度は低いねんけど」

たしかに私もここへアルバイトに来る前までは、『やくふご』に小物などが売っているなんて知らなかった。

さらに悦子さん曰《いわ》く、観光シーズンや浴衣を着る機会が増える夏、成人式や七五三の時期には客足も増えるし、百貨店などで催事をしたりもするので割と経営は安定しているんだとか。

「ほな天音ちゃん来たし、うちはお先に帰らせてもらうな」

帰り支度はすでに整っていたらしく、悦子さんはカバンを持って立ちあがる。私の出勤日は、こうして入れ替わることになっている。

私は「お疲れ様です」と小さく頭をさげて、見送った。

仕事着に着替えてお店に出ると、三ヶ栄さんが乱れ箱の中の整理をしているところだった。乱れ箱とは旅館などでもよく目にする畳んだ着物を入れておく箱のことだ。

「天音さん、少しいいですか？」

三ヶ栄さんが小さく手招きをしたので、私は小走りで近寄った。その手の乱れ箱の中には、落ち着いたベージュ色の着物が畳まれていた。

「天音さんがこの店に初めて来たとき、あの振り袖を食い入るように見ていましたよね」

三ヶ栄さんはそう言って、衣紋掛けにかけられた菊の模様の着物を指さした。

「はい、上品でかわいらしい振り袖だなあと」

「あの振り袖は、木村雨山《きむらうざん》という方がつくられたもので『菊寿』といいます」

「木村雨山さん？」

私がそう聞き返すと、よくぞ聞いてくれましたとばかりに、三ヶ栄さんの目がきらんと光る。

「明治末期に上村雲峰《うえむらうんぽう》より教えを受け昭和三十年に人間国宝に認定された巨匠の中の巨匠です。加賀友禅《かがゆうぜん》の名声を全国に轟《とどろ》かせた方なんですよ」

三ヶ栄さんは熱っぽく、幸せそうな顔で胸に手を当てて語る。

私はというと、聞いたことのない単語が次々と飛び出してきたのでぎこちなく頷くことしかできなかった。上村雲峰というのもきっとすごい人なのだろう。

「加賀友禅は、国の指定伝統的工芸品でもあるんですよ」

「伝統的工芸品、ですか」

「そうです。江戸時代の中頃に加賀、現在の石川県で生まれた着物の染色技法です。加賀友禅は藍、臙脂《えんじ》、草、黄土《おうど》、古代紫という五色で構成されています。加賀五彩と呼ばれるのですが、艶麗《えんれい》な色彩が美しいのです。この訪問着も加賀五彩が使われていますね」

饒舌にスラスラと説明してくれた三ヶ栄さんは、うっとりと乱れ箱に入った着物を眺めている。私ももう一度、その乱れ箱の着物を眺めた。

「では、この訪問着も木村雨山さんが？」

「いえ。こちらは、木村雨山が柄を手がけ、弟子の吉田芳彩《よしだほうさい》がつくったものでして、木村先生がつくられたものではないのですよ」

立て石に水の如《ごと》く流れるような三ヶ栄さんの解説に、私は感嘆の声を漏らした。三ヶ栄さんは、そっと訪問着を取り出すと、優しい手つきで広げていった。

着物に描かれた見事な絵にはっと息をのんだ。

素人の私にもわかる美しさだ。

「繊細な手描き友禅で染め上げられた季節の花に緑の紅葉、鹿の絵など。日本の自然の魅力を引き立てるすばらしい品です」

吐息が漏れるように、うっとりした声で三ヶ栄さんはそう言った。私も深く頷いて、着物を眺めた。

「ええ、本当に……」

「見てください、天音さん。この部分のほんのりとしたぼかしは、野山の空気感や雰囲気が見事に表されていますね。それに、上前と後ろ身頃に描かれた鹿は……」

恍惚とした表情の三ヶ栄さんを見ていると、ふとその肩越しにある時計に目がいく。その長い針と短い針が指す時刻にさっと血の気が引いた。

「み、三ヶ栄さん！」

「は、はい？　どうかなさいましたか？」

私が大きな声を出したからか、三ヶ栄さんは、少し目を丸くしながら答えた。

「もう、六時二十分です！」

「え？」

三ヶ栄さんはキョトンとした表情で時計を見あげ、ようやく事態に気づいて慌てて立ちあがる。

「天音さん、あとはよろしくお願いします！」

「お、お気をつけて！」

三ヶ栄さんは目にも留まらぬスピードで乱れ箱の中に着物を入れると店の奥から剣道の防具が入った袋をとってきて、あっという間に出て行ってしまった。

道場の修道館までそんなにかからないし、きっと間に合うだろう。

「あ、いらっしゃいませ」

三ヶ栄さんと入れ替わるようにして、若い男女のカップルのお客さんが入ってきた。

「うわー、ＣＭでよく見るけど初めて店に入ったわあ。たっくん見て見て。ごふくやさんってこんな小物も売っててんねんて」

「どれ？」

ふたりは小棚に飾られていた小物を珍しそうに見ていた。そして、女の人が前の私と同じまちがいをしていることに頬が緩んだ。

「ごゆるりと、ご覧になってくださいね」

やっと店番に慣れてきた私は、文机の前に座ってそう言った。

接客をしたり、店の掃除を淡々とこなしたりしていくうちに、気がつけば店を閉じる時間になっていた。仕事着から高校の制服に着替えて帰り支度を整える。

店の電気を消してから鍵をかけた。

「よし」

もう一度しっかりと施錠をしたか確認する。そしてギヤマン細工の小さなガラス玉のストラップがついた店の鍵を制服のブレザーのポケットにそっと入れる。三ヶ栄さんは二時間の稽古と言っていたから、あと三十分くらいで終わるはずだ。

まだまだ肌寒い日がある四月。満月が輝く夜道をひとり歩いた。

「あ、あそこだ」

青銅《せいどう》色の屋根の、背の低い古風な建物が見えてくるとともに、威勢のいい声が聞こえてきた。入り口からそっと覗いてみると、防具をつけた中学生くらいの生徒さんたちが竹刀を打ちあっている姿が見えた。

その傍に竹刀を片手に、深い藍色の道着に防具をつけた三ヶ栄さんの姿があった。面はつけておらず、真剣な眼差しで生徒さんたちを見ている様子に、少し胸が高鳴った。

私は入り口の少し横にある石段に腰を下ろした。そして、三ヶ栄さんの生徒さんたちの動きを見極めようとする鋭い目を思い出し、頬を赤らめた。

『やくふご』で働きはじめてもうすぐ二週間。三ヶ栄さんには翻弄されっぱなしだ。

ふう、と息を吐いて空を見あげた。かすみがかった夜空に柔らかな黄金色の光を放つ、優しい月が出ていた。新学期がはじまってまだひと月も経っていないのに、いろんなことがあった。特に三ヶ栄さんとの衝撃的な出会いを思い出して、少し頬を緩ませた。

「天音さん」

道場の外で待っていると、防具を外した道着姿の三ヶ栄さんが入り口から出てきた。

「三ヶ栄さん。お疲れ様でした」

「長らくお待たせしてしまってすみませんでした。店番、ありがとうございます」

「いえ、問題なく終わりましたよ」

そう言いながら、私はポケットからお店の鍵を出して手渡した。

「ありがとうございます。天音さん、このあと急ぎの用は？」

「ありません。しいて言うなら、晩ご飯の支度があります」

はにかむようにしてそう言うと、三ヶ栄さんはぷっと吹きだした。

「駅までお送りします。着替えてくるので、もう少し待っていてくれませんか？」

「わかりました」

三ヶ栄さんは微笑むと、言葉を続ける。

「それにしても、天音さんは高校生だというのに、ご自分で夕食の支度もなさるんですね。どうりで食器のあと片付けの手際もいい」

家族と一緒に暮らしているにもかかわらず、食事の準備を自分でするのには、ちょっとした理由があるのだが、それを考えると心の奥がチクッと痛むような感覚になる。曖昧な笑みを浮かべる私に、三ヶ栄さんもそれ以上はなにも言わず、「では、僕は着替えてきますね」と言うと、駆け足で道場に入っていった。


道場から歩いて十分くらいのところにある地下鉄谷町《たにまち》線の谷町四丁目《たにまちよんちょうめ》駅に向かって歩きながら、私たちは夜空を見あげた。

「今日は満月ですか」

「とてもきれいですね。春の月、私は好きです」

私が頷きながらそう言うと、三ヶ栄さんは少し驚いたように目を見開いた。

え、春の月が好きって、変かな？

「天音さんも好きなんですか？　春の月」

「は、はい。三ヶ栄さんも？」

「いえ、僕はそれほど。春の月はですね、あの鬼の副長として有名な新選組副長の土方歳三《ひじかたとしぞう》が好きだったんですよ」

「あ、聞いたことあります」

私がそう同調すると、三ヶ栄さんは嬉しそうに語りはじめた。

「鬼の副長として恐れられていた土方さんにも、じつはかわいらしい趣味がありまして、豊玉《ほうぎょく》という雅号《がごう》で俳句を嗜《たしな》んでいたのですよ。お世辞にもうまいとはいえないのですけれどね。その中に、春の月の句がたくさんありましてね」

「へぇ～！　鬼の副長っていうから、すごく怖い人なのかと思っていたんですけど、ちょっと意外ですね」

「実際にとても怖いお方だったそうですよ。ですが、亡くなる数年前は母のように寛大で温かい人だったとか。厳しくも、その厳しさの中に優しさがあふれている、誰よりも優しい方だったのでしょうね」

胸に手を当てて、潤んだ瞳で月を眺める三ヶ栄さん。しんみりとした雰囲気を漂わせる表情に、なにも言えない。

「僕は、彼の生き様がとても好きなんです。そして、心から尊敬しているんです。武士ではない身分でありながら、誰よりも武士らしく、最期まで徳川《とくがわ》に尽くした土方歳三という男。僕も幕末を馳《は》せた志士ら、そう、新選組のように誇り高き人間でありたいのです。土方さんのような大和男児に」

饒舌に言い切った三ヶ栄さんに私は気圧《けお》されながらも、ひとつ問いかける。

「三ヶ栄さんって、歴女ならぬ歴男《れきだん》なんですか……？」

三ヶ栄さんはぽかんとした表情をしていたがすぐに微笑みを浮かべ、少し瞳を潤ませながら言った。

「歴男ですか、面白いことを言いますね。僕はただ日本が好きなだけですよ。日本は美しいものであふれています。それらを知り、見て、愛でることができる、これ以上の幸せはないですよ。僕、好きなものは極める派の人間なんです」

さも当たり前のように三ヶ栄さんはそう言った。

ああ、そういうことか。私は納得した。三ヶ栄さんはちょっと過激な日本愛好家なのだ。

＊＊＊

五月に入った。

大阪城公園の桜も葉桜となって、またちがう味わいのある景色になった。公園の中にはメジロやツバメも姿を見せはじめていた。

毎年苦痛に感じていたゴールデンウイーク。今年は『やくふご』での仕事があるので、家にいて暇を持て余すということにはならなそうだ。

私は爽やかな風が吹く飛騨の森を通り抜け、『やくふご』へ向かった。今日は三ヶ栄さんとの約束があるのだ。

『やくふご』の店先では、藍色の着物を品よく着こなした三ヶ栄さんが、大きな桐箱を抱えて立っていた。

「おはようございます、天音さん」

　爽やかな笑みを浮かべて軽く手をあげた三ヶ栄さんに小さく頭をさげた。

「今日は貸切形車両で行きますよ。本当は僕の運転で行くつもりだったんですが、社用車にちょっと不備がありまして」

「貸切形車両って、タクシーですよね？　それにしても車を運転なさるんですね。なんだか意外です」

「意外、ですか」

「ええ。だって和をこよなく愛する三ヶ栄さんが車を運転する姿なんて思い浮かびませんよ」

「ああ、それはよく言われます」

　三ヶ栄さんはクスクスと笑った。

　今日は日曜日。霧子さんの家に仕立てた着物を渡しに行く日だ。日中の店番は悦子さんにお願いして、一緒に行かせてもらうことになったのだ。

　三ヶ栄さんは左手で軽々と桐箱を抱えると、右手で私の背中をそっと押してエスコートしてくれた。

「貸切形車両の運転手さんには店の裏の駐車場で待ってもらっています」

　ふたりで駐車場へ向かう。

タクシーが見えてくると、「あ、一応あれが社用車ですよ」と三ヶ栄さんが言った。指さした先にあったのは、待ってもらっているタクシーの横に止めてある黒のセダン。私はいたって普通の社用車にほっと息をついた。

「どうかしましたか？　天音さん」

少し首を傾げながら、三ヶ栄さんは開けられたタクシーのドアを少し押さえて「先にどうぞ」と促してくれる。相変わらずの紳士っぷりだ。

「じつは社用車まで高級車だったらどうしよう、なんて思っていました」

私がそう思った一因に、お客様にお出ししているお茶菓子がある。『やくふご』ではお客さんに茶請けとして、宮中晩さん会や園遊会の引き出物として出されている皇室御用達《ごようたし》の高級菓子「菊焼残月《きくやきざんげつ》」を出していたからだ。

しっかりとした歯ごたえの皮の中に、甘すぎず、すっきりとした味わいのきめ細かい餡《あん》が入った和菓子。一度食べさせてもらったことがあるが、ほっぺたが落ちるかと思うくらいおいしかった。あの味を思い出しただけで、目尻がさがる。それを三ヶ栄さんに伝えるとクスリと微笑んだ。

「店の経費から出ますし、あれはお客様に出すものですから、いいものを選んでいるんですよ。お客様の笑顔は最高の収入、なんてかっこつけて言うてみるけど、半分は僕が食べたいだけやねん」

「しーっ」と唇の前で指を立てたその顔を見て、私は頬が熱くなるのをごまかすように、タクシーに乗り込んだ。

「さ、出発してもらいましょう。霧子さんのお宅におうかがいするのは十時でしたね」

三ヶ栄さんも乗り込むと、パタンとドアが閉まった。

「霧子さんの家は、ここから十分ほど。天王寺《てんのうじ》駅の近くですよ」

「あ、通天閣の駅ですね」

そうです、と三ヶ栄さんはにこりと笑った。

ザ・大阪な雰囲気が味わいたければ天王寺か道頓堀だ、とクラスメイトが教えてくれたのを思い出していると、ゆっくりとタクシーは出発した。


「う、うわあ……」

タクシーをおりて目の前に佇む大きなお屋敷に、思わず感嘆の声をあげた。

明治時代からそこだけ抜きだされたようなレトロモダンな雰囲気を感じさせる。クリーム色の壁に茶色の柱、茶色い三角の屋根がとてもかわいらしい和洋折衷の屋敷だ。

霧子さんは、小料理屋をやっていると言っていた。こんなに大きなお屋敷に住んでいて、『やくふご』を利用するくらいなのだから、きっと高級店なんだろう。

瀟洒《しょうしゃ》な門柱のインターホンを押す三ヶ栄さんの隣に立って待っていると、家を囲むコンクリートの塀に手をつきながら歩いている女性が目に入った。心なしか、顔色が悪いように見えた。声をかけようと思ったそのとき、女の人は膝から崩れ落ちた。

「だ、大丈夫ですか！」

三ヶ栄さんと私は慌ててその女性に駆け寄った。

「す、すみません。ちょっと気分が悪くて……」

か細い声で言ったその女性は、額に手を当てて小さく息を吐いた。

「あれ、もしかして百合？」

三ヶ栄さんが目を丸くして確かめるように尋ねると、その女性が顔をあげた。百合って、もしかして。

「惣七くん？　なんで……」

「霧子さんの着物を届けに来てん。それよりもどないしたん。気分悪いん？」

三ヶ栄さんは彼女に視線を合わせるようにかがむ。すると百合さんは青白い顔で小さく頷いた。

「えっと……近所を散歩してたんやけど、気持ち悪うなって」

百合さんが手をついている塀のそばは、ゴミの収集所となっているようで、資源ゴミが出されていた。その中の古紙の束のひとつにふと視線がいった。一番上に重ねられていた雑誌は私も知っているもので、発売日は昨日のはずだったからだ。発売したばかりの雑誌を捨ててしまうなんて、やはりこの辺りにはお金持ちが住んでいるんだな。一瞬のうちにそんなことを考えた。三ヶ栄さんも、私の見ているほうに気づいたのか、古紙の束を一瞥《いちべつ》するとと私の顔を見た。

「天音さん。大変申し訳ないんですが、これを持っていただけますか？」

三ヶ栄さんは霧子さんの着物が入った桐箱を持ちあげて私に渡す。頷いて慌ててそれを受け取った。

「堪忍な」

三ヶ栄さんはふわりと軽々しく百合さんを横抱きにした。

「ええって、惣七くん……恥ずかしいし、歩けるから」

「具合悪いときくらい、甘えときぃ」

う、うわあ！　お姫様抱っこをする人を、初めて直に見た！

なんだか自分まで恥ずかしくなり目のやり場に少し困った。

そういえば三ヶ栄さん、百合さんにはすごく砕けた喋《しゃべ》り方だけれど、なにか特別な関係なのだろうか。

「百合さんは霧子さんのご息女《そくじょ》で、僕の幼馴染《おさななじ》みなんですよ」

「あ、ああ、そうだったんですね」

私の心中を見抜いたかのように、さらりと三ヶ栄さんはそう告げた。

「勝手に入ってもええ？」

「ええよ、開いてるから……」

百合さんを抱えたまま三ヶ栄さんの後ろに続いて、玄関のアプローチを歩く。

玄関ドアの前まで来ると、ちょうどドアが勢いよく開いた。

「百合、なんで黙って外出たん！　外行くときは私がついていくって言うてるやんか！」

飛び出してきたのは霧子さんだった。霧子さんは剣呑《けんのん》な雰囲気で慌てて駆け寄ってきて、心配そうに百合さんの顔を覗き込む。

「大丈夫やで」

百合さんは青白い顔で笑う。

「大丈夫なわけあるかいな、そんな顔して！　惣ちゃんそのまま百合を部屋まで運んで。うち先行って布団敷いてくるから、頼んだで」

霧子さんはそう言うと、三ヶ栄さんの返事も聞かずにドタバタと走って行ってしまった。相変わらずやな、と三ヶ栄さんは苦笑いを浮かべる。

慌ててやってきたお手伝いさんに案内され、私たちは和室に通された。霧子さんが準備した布団にそっと寝かせられ、百合さんは青い顔で笑った。

「惣七くん、それに……」

「えっと、『やくふご』のアルバイトの神谷天音です」

「天音ちゃんやね。ほんま、ありがとうな」

「無理したらあかんよ」

三ヶ栄さんは相変わらず、上品ににこりと笑った。

「それにしても霧子さん、さっきはえらい剣幕やったけど、もしかして」

私も気になっていたので霧子さんの顔をうかがうと、霧子さんは眉根を寄せて険しい表情を浮かべ頷いた。

「さっきも、百合の部屋から……」

霧子さんがなにか言いかけたそのとき、百合さんが「お母さん！」と遮った。つらそうに体を起こして首を振る。

「惣七くんに言わんでもええやん、私大丈夫やから」

「そんなん言うたかって……」

困惑気味に言葉を濁した霧子さん。三ヶ栄さんも眉間にしわを寄せた。

「もしかして、まだ脅迫状が届いてる、とか」

三ヶ栄さんがそう尋ねると、百合さんは気まずそうに目を逸らして俯いた。

「内容は同じやねんけど、それがちょっと変で」

霧子さんの言葉に、変？　と三ヶ栄さんが怪訝な顔で聞き返すと、霧子さんは立ちあがり部屋から出て行った。そして、その手に茶色い封筒を持って戻ってくると三ヶ栄さんに差し出す。三ヶ栄さんはいたって普通のどこにでもあるようなその茶封筒を受け取り、中から四つ折りにされた白い紙を取り出し、広げた。

それを見た瞬間、私ははっと息をのんだ。

「雑誌の文字を切り抜いたものやね。『婚ヤクをハキしろ』、縁起のいい言葉とちゃうな」

三ヶ栄さんが顔をしかめる。大小さまざまな文字が切り抜かれて白い紙に貼りつけられた、まるで推理ドラマにでも登場しそうな手紙だ。

「それがな、あて先とかが書いてないんよ」

霧子さんが眉間にしわを寄せながらそう言う。

「あて先が？　妙やな」

三ヶ栄さんは怪訝な顔で茶封筒をひっくり返したりして確認する。表面にも裏にも、あて名や住所、切手なんかはどこにもない。たしかに妙だ。

三ヶ栄さんはその手紙を封筒の中に入れなおすと、そっと床に置いた。

ちょうどそのとき、屋敷のインターホンが鳴り響いた。霧子さんが立ちあがろうとする間もなくいきおいよく扉を開ける音がした。そして廊下を走る足音が近づいてきたかと思うと、部屋にひとりの男性が飛び込んできた。

「お義母さん、百合はっ」

スーツ姿のその人は、私たちの姿を確認するなり慌てて頭をさげた。

「すみません、お客さん来てはったんですね」

「ああ、大丈夫大丈夫。惣七くん、この方が百合の婚約者の雅治《まさはる》さん。『やくふご』の三ヶ栄惣七くんと、バイトさんの神谷天音ちゃんな」

交互に顔を見ながら、霧子さんが紹介する。

「百合の婚約者の伊藤《いとう》雅治です」

小さく頭をさげた雅治さんは布団の上にいる百合さんを見るなり眉間にしわを寄せて歩み寄った。

「お義母さんから電話で聞いた。脅迫状って、なんでもっと早くに言わんかったん」

　雅治さんに言われると、百合さんは視線を逸らして唇を一文字に結んで俯いた。これがそうなんですか、と床に置かれた封筒に手を伸ばした雅治さん。中身を確認するなり、眉間のしわは一層深くなる。

　それを見た三ヶ栄さんは百合さんの顔を覗き込みながら優しい声で尋ねた。

「百合、いつからこんな手紙きとったん？」

「……一か月前、くらい」

　百合さんは三ヶ栄さんからも視線を逸らし小さな声でそう答えた。

「雅治さんは心当たりある？」

　霧子さんが不安げにそう聞けば、雅治さんは苦い顔で首を振る。

「雅治さんの元恋人とかは？」

「いや、そらないと思います。最後に恋人おったの、高一のときやし」

　雅治さんは三十歳前後に見える。高校生のときの恋人なら、もうどこに住んでいるのかさえわからないのかもしれない。それに十年以上も経ってこんな怪文書を送ってくるとも考えられない。そうなると元恋人の逆恨みという線は消える。

「ほな、雅治さんのこと好きやった人とか」

「ちょ、お義母さん。なんでそんなに俺の周りを疑うんですか」

　苦い顔をした雅治さんに、霧子さんは苦笑いで肩をすくめた。

「だって大学時代から気になる子おったんやろ」

霧子さんが続けると、雅治さんは目を丸くして百合さんの顔を見た。百合さんは、少し寂しそうな表情できまりが悪そうに視線を逸らしてしまう。お見合い結婚といえども、婚約者の過去は気になるものなんだな。

「……雅治さんと同じ職場のうちの友達が、言うとったんやもん。飲み会で雅治さんが、ずっと気になる子がおるって言うとったって」

百合さんの言葉に雅治さんは俯く。否定しないということは、百合さんが聞いた話は事実らしい。

もしその雅治さんの思い人も雅治さんのことが好きだったなら、婚約を破棄するように脅迫状を送るのも納得がいく。それか、やっぱり雅治さんが犯人というのも考えられる。長年思い続けた人と添い遂げたいあまりに自作自演をして脅迫状を送った……。

私は考えを巡らせた。霧子さんや雅治さんも同じように考え込んでいるようで、部屋の中は静まり返っていた。

「あー……なんや、その」

その空気を壊すように、三ヶ栄さんの少し気の抜けた声が静かな部屋に響いた。三ヶ栄さんは首の後ろを掻きながら、苦笑いを浮かべた。全員が怪訝な顔で三ヶ栄さんを見る。

まさか三ヶ栄さん、犯人がわかったんじゃ……。

「お手洗い借りてもええかな？」

霧子さんと雅治さんは新喜劇並みのオーバーリアクションで肩を落とした。

「……どうぞご自由に、場所わかるやろ」

溜息交じりでそう言った霧子さんに、にこやかな笑みを浮かべて私の手を取って立ちあがり三ヶ栄さんはスタスタと部屋を出ていく。

「おおきに、ほな行くで天音さん」

そう引っ張るように連れてこられたのは、お手洗いではなく家の外。百合さんが倒れそうになっていた場所だ。

「み、三ヶ栄さん。どうしたんですか急に」

戸惑う私に反して三ヶ栄さんは冷静だ。

「すみません、どうしても確認したいことがあったんです。天音さん、この雑誌に見覚えあるんですか？」

塀のそばに寄せて置かれた古紙の前にしゃがみ込んだ三ヶ栄さんは指をさしながら私を見あげた。指さす先にあるのはかわいらしい赤ちゃんの写真が表紙の雑誌だ。私も三ヶ栄さんの隣にしゃがみ込んでもう一度よく確認する。やはり、表紙に書かれた名前と、愛らしいひよこのイラストには見覚えがあった。

「はい、子育て雑誌なんですけど、発売日が昨日なんですよ。出たばっかりの雑誌を捨てちゃうなんで、この辺りにはお金持ちが住んでいるんですね」

さっき考えていたことを言うと、三ヶ栄さんは顎に手を当ててなにかを深く考えている様子で、生返事だった。

「……ああ。うん、そういうことか」

独りごちる三ヶ栄さんは、納得したように頷く。わけがわからずに首を傾げていると、三ヶ栄さんは雑誌の束からその育児雑誌を抜き取った。

「とりあえず、戻りましょうか」

そう促されて私は立ちあがり、困惑したまま家の中へ戻った。スタスタと前を歩く三ヶ栄さんの背中を見つめながら首を捻《ひね》る。

いったい三ヶ栄さんはなにを考えているのだろうか。

皆の待つ部屋に戻ると、先程よりも深刻な顔をした霧子さんたちの間に、重い空気が流れている。そんな中、「お手洗い、どうもおおきに」と少し呑気な声で三ヶ栄さんはそう言った。

「こんな中で結婚式なんて、ふたりになにかあったら」

「それはないから大丈夫やで」

霧子さんの心配に対してきっぱりと言い切った三ヶ栄さんに、私たちは目を瞬かせた。

霧子さんが「犯人わかるん？」と身を乗り出して聞くも、三ヶ栄さんは困ったように眉をさげて曖昧に笑った。

「うん、まあ」

「教えてください、誰なんですか！」

雅治さんが必死の形相で三ヶ栄さんに詰め寄る。三ヶ栄さんはおもむろに百合さんへ視線をやった。つられるようにして百合さんの顔をうかがうと、先程よりももっと青い顔をしていた。

「三ヶ栄さん、もしかして犯人って……」

生唾を飲み込んで尋ねる。三ヶ栄さんはゆっくりと息を吐き出すと、口を開いた。

「……百合や。せやな?」

百合さんの肩がわずかにピクリと動いたものの、なにも言わずにただじっと俯いている。

「百合は一か月前からって言ってたけど、もしほんまにそうやったなら、なんで今まで隠してたのか。不自然や」

たしかにすぐに誰かに相談しなかったのは不自然だけれど、それだけの理由で犯人が百合さんに理由になるのだろうか。三ヶ栄さんは「それに」と続けた。

「さっき百合は散歩の途中で気分が悪くなったって言うとったけど、本当は古紙をゴミに出しとったんとちゃう?」

そう言って、三ヶ栄さんは収集所から持ってきた雑誌を畳の上に置いた。

「天音さん、この雑誌の発売日、教えてくれる?」

「あ、はい。この雑誌は毎月五日が発売日なんです。ついこの間まで、私の家でも買っていたので、発売日もなんとなく覚えてて。昨日が発売日なのにもう捨てちゃうんだなあと」

三ヶ栄さんがひとつ頷いて私に微笑んだ。

「発売日は昨日や。けどそれをすぐに捨てなあかん理由ができた。中を確認したらわかると思うけど、その雑誌を切り抜いてあの怪文書をつくったんやろ？」

確かめるようにひとつひとつ丁寧に尋ねる三ヶ栄さんのその言葉には、どこか確信があるように思えた。顔の色をなくした百合さんは、唇をきつく閉じ肩を震わせている。その様子から、本当に百合さんが犯人なんだと思った。

でも、どうして？　百合さんは雅治さんと結婚したくないのだろうか。

雅治さんは困惑気味に百合さんの顔をうかがっている。百合さんは布団の端をきつく握りしめていた。百合さんの頬を伝って布団の上にぽたりと、滴が落ちた。

雅治さんが、驚きと戸惑いが混じった声で「なんでそんなこと」と百合さんの名前を呼ぶ。百合さんは涙をはらはらと流しながら顔をあげた。

「……それやん」

「百合？」

「雅治さん、うちの前やといつも顰めっ面か困った顔しかせえへん。うちとの結婚が嫌なんやったらはっきり言うてやっ……」

もう、うち嫌やねん。つらい。愛されてないのに雅治さんに触れられることが。百合さんが苦しげな声で続ける。ぽたぽたと涙のしみが布団の上にできる。きつく握られた百合さんの拳が小刻みに震えていた。

「もう、うちは」

「アホか！」

百合さんの言葉を遮るように、雅治さんは声を荒らげた。そしてきつく握られた百合さんの手を強く引いて、その体を抱きしめた。

「それは俺のセリフや。お前だって、俺のこと嫌っとったやん。俺の前で愛想笑いしかせんかったやん」

「そんなことない！」

百合さんが何度も首を振る。

ずっと黙って見ていた三ヶ栄さんが口を開いた。

「たしかに他人と生きていくにはお互いに妥協したり、我慢しなあかんこともある。けど、伝えなあかんことはちゃんと伝えな。家族や、これからはずっと一緒に生きていくんや。つらいことも、悲しいことも、互いに手を取りあって背負っていけばええ。そのための家族や」

三ヶ栄さんのその言葉に、ふたりは目を見開く。雅治さんはしっかりと百合さんと視線を合わせると、百合さんの手にその手を重ねた。

「俺は嫌々で百合と結婚するんとちゃう。百合は大学生時代から思っとった女やぞ」

ひと言ひと言、心を込めるようにゆっくりと話す雅治さんに、百合さんは目を見開く。

百合さんは大粒の涙を零しながら顔をくしゃくしゃにした。雅治さんが思っていた女性って、百合さんだったんだ。

「……ほんなら、思ってもええかな。雅治さんに愛されてるって」

「当たり前や、アホか」

百合さんの耳元でそう呟いた雅治さんは、もう一度強く彼女を抱きしめた。

霧子さんの家からの帰り道、私たちはタクシーを拾うために駅へ向かっていた。

「もしかして三ヶ栄さん、全部わかっていたから犯人を暴くことをためらっていたんですか？」

「はい。でも雅治さんが百合のことをどう思ってるのかまではわからなかったんですけどね」

そうだったんですか、と私が目を丸くして聞き返せば、三ヶ栄さんは眉をさげてきまりが悪そう頭を掻いた。

「……強いて言うなら、目です」

「目、ですか」

「はい。雅治さんのように誰かのことを見ている目を、以前見たことがあったので、もしかしたら……と。まあ、『目は口ほどに物を言う』ですから」

小さく微笑んでから切なげに遠くを見つめるその姿に、それ以上なにも聞けなくなった。

三ヶ栄さんは柔らかい笑みを浮かべてひとつ頷いた。

「まさか六年も前に雅治さんが百合にひと目惚れしてたなんて思ってもいませんでしたけ

ど」

　本当に驚きましたよね、と私は三ヶ栄さんに同調する。

　あのあと、雅治さんは大学生の頃、通学電車で一緒になっていた百合さんにひと目惚れしたことを告白した。そして、当時百合さんは高校の制服を着ていたので、さすがに声をかけられなかったこと。百合さんが高校を卒業してからは会えなくなってしまい、後悔したこと。そして、お見合い写真を見て天にも昇る気持ちになったことを打ち明けたのだった。

　百合さんはずっと思われていたのだ。

「捨てられていた雑誌、子育て雑誌なんですよね。それでピンときたんですが、百合のあれは、つわりなんじゃないかと」

　さらに私は驚く。まさか百合さんに赤ちゃんがいることまでは考えつかなかった。

　思わず笑みが浮かぶ。なんというか、さすが三ヶ栄さんだ。

「そういえば、天音さんはごきょうだいがいるんですね」

「え？」

「子育て雑誌が家にあったということは、そういうことでしょう」

　ああ、先程私が言ったことを三ヶ栄さんはしっかりと覚えていたらしい。

「妹がいます」

「ずいぶんと年が離れているんですね」

そのひと言にドクンと心臓がいやに大きく鼓動する。不思議そうな顔をした三ヶ栄さんに曖昧に笑って、私は「そういえば」と話題を逸らした。

「そういえば、霧子さんからいただいたこのお菓子……」

帰り際に霧子さんからいただいた紙袋の中を少しだけ覗く。

「ええ、阪急百貨店のお菓子ですね」

「やっぱり！『グランカルビー』のポテトフリッツですよね！」

『グランカルビー』のポテトフリッツは有名なお菓子メーカー・カルビーと阪急百貨店のコラボ商品で、一度は食べてみたいと思っていたんだ。

「さあ、帰りましょうか天音さん。通りに出れば貸切形車両もつかまえられるでしょう。店に戻ったら、紅茶を淹れますね。いただいたこの菓子には、きっと紅茶でしょう」

「はい！」

そう三ヶ栄さんと笑いあった。

――たしかに他人と生きていくにはお互いに妥協したり、我慢しなあかんこともある。けど、伝えなあかんことはちゃんと伝えな。つらいことも、悲しいことも、互いに手を取りあって背負っていけばええ。そのための家族や。

菩薩《ぼさつ》のように優しい笑みを浮かべてそう言った三ヶ栄さんの言葉が、自分の胸にも突き刺さった。私はどうだろうか、ちゃんと伝えることができるだろうか。三ヶ栄さんから教えてもらったこの言葉を、私は忘れないだろう。

＊＊＊

数週間後。


「天音さん、見てください」

いつもどおり店の掃除をしていた私を呼ぶ声がして、振り向いた。

「あ！　それって……！」

「ええ、百合と雅治さんの祝言の招待状です」

かわいらしいレースや花のイラストの載った招待状が『やくふご』に届いたらしい。招待状の封筒の中に、手紙も入っているのを三ヶ栄さんは見せてくれた。

「幸せになります、って書いてあります！」

「ええ、あのふたりならきっと、大丈夫ですよ」

「そうですよね」

私は力強く頷いた。

それにしても、あの日の三ヶ栄さんの探偵みたいな鋭い推理は、まるでシャーロック・ホームズのようだった。でも、どうして人が気づかない細かいところまで見て的確な証拠を挙げられたのだろう？　不思議に思い、三ヶ栄さんに尋ねた。すると、三ヶ栄さんは少しはにかみながら、答えた。

「じつは僕、幼少の頃から読書が大好きで、江戸川乱歩《えどがわらんぽ》先生や横溝正史《よこみぞせいし》先生の本を読んで、探偵というものにとても心惹《こころひ》かれまして。めっさかっこええやん、と思ったんですよ」

「探偵、ですか」

「はい。そして、江戸川乱歩小説の中で明智小五郎《あけちこごろう》が言った、〝僕の興味はただ『真実』を知る点にある〟という言葉にとても感銘をうけたのですよ。僕もこうでありたい、と強く思ってその結果、観察力が鍛えられたみたいです」

なるほど。小さい子って、よく憧れの人の真似をしたがるもんね。シャーロック・ホームズみたいって思ったけれど、明智小五郎だったんだ。そう思うと、三ヶ栄さんのもじゃもじゃふわふわの髪型も、小説の中に出てくる明智小五郎を連想させる。

「でもね」

「え？」

ニッと意地悪く笑った三ヶ栄さん。

「僕は、〝ごふく〟を届けただけですよ」

言うとおり呉服を届けに行ったことで変な事件と遭遇したのだが、結果的に百合さんと雅治さんを幸せにすることができた三ヶ栄さん。あれ、もしかして。その〝ごふく〟というのは……。

三ヶ栄さんの顔を見ると、いつもと変わらず優しげな微笑みを浮かべていた。もしかして、〝ごふく〟というのは〝御福〟という意味も含まれているのではないだろうか。

「なんだか、探偵というよりも……」

幸福を運び、愛を伝え、正義の守護者……ああ、そうだ。

「大天使ミカエルっぽいですね。三ヶ栄さん、だけに」

「なんでやねん」

間をおかずにツッコミを入れられる。さすが大阪人だ。

「僕がそんな外国の偉大な方の名前をいただくなんておこがましいですよ。それに、例えられるなら西洋の天使ではなく、日本の仏に例えられたいです」

ふふ、と笑って三ヶ栄さんは招待状に目線を戻した。

「あのふたりが幸せになる姿を見届けましょう」

柔らかく微笑んだ三ヶ栄さんに私も微笑んだ。雅治さんと百合さんと、そしてお腹の赤ちゃんのこれからの幸せな生活を想像しながら、ふたりして微笑みあった初夏の夕暮れだった。

2　ごふくを元婚約者に

「これが花入り翁格子《おきなごうし》と言って、主に男性の着物に使われている柄です」

そう言って、三ヶ栄さんは反物を広げ、指さした。大きな格子の中で、小さな格子が交差している模様だ。

「翁がたくさんの孫に囲まれている様子になぞらえているといわれています。子孫繁栄の、めでたい文様なんですよ。ちなみに、僕の好きな和柄のひとつなんです。素敵ですよね」

ふむふむ、と頷いて、私はその柄をじっと見つめた。

六月に入った。

アルバイトにもずいぶん慣れて余裕ができてきた。気候も徐々に変化したこともあり、今日は『やくふご』の従業員総出で、といっても三ヶ栄さんと悦子さん、私の三人なのだが、季節の反物の総入れ替えと、小物が置かれている棚のレイアウトを変えることになったのだ。三ヶ栄さんは気に入った柄が出てくるたびに、嬉々《きき》として丁寧な解説つきで私に反物や着物を見せてくれる。うっとりと柄を眺め愛でる三ヶ栄さんにも、もうすっかり慣れた。

「ちょっと惣ちゃん、天音ちゃんまで巻き込まんといて！　反物なんていつでも愛《め》でられるやろ。さっさとしな終わらんでほんまに！」

反物を箱から取り出しせっせと棚に入れていく悦子さんが怖い顔をして三ヶ栄さんを睨む。三ヶ栄さんが悦子さんに叱られたのは、今日これで五回目だ。

三ヶ栄さんは肩をすくめて謝ると、くるくると反物を巻いて、棚に戻した。

それから何組かのお客さんの対応をしつつ、粛々と入れ替え作業を進め、ひと段落した頃。ふと三ヶ栄さんは時計を見あげ、大きな溜息をついた。

「三ヶ栄さん？」

「天音さん、申し訳ありません」

「え……？　どうしたんですか、急に」

いつになく低い声で、唐突に謝ってきた三ヶ栄さん。首を傾げて聞き返すと、決まりが悪そうに答えた。

「今日、父が帰ってくるのです」

「え、店長が！」

私の感嘆の声に渋い顔で頷いた。そういえば、三ヶ栄さんはこの『やくふご』の切り盛りをしているけれど、店長ではない。本当の店長は三ヶ栄さんのお父さんだ。

「父が戻ってくるにあたって、天音さんには多大なるご迷惑をおかけするかと存じます。なにぶん、感性豊かな、性格の濃い人なもので」

三ヶ栄さんは額に手を当てて、溜息を零した。三ヶ栄さんが言うくらいだ、そんなにすごい人なのだろうか。私はゴクリと生唾を飲み込んだ。

「なんせ代々受け継がれてきたこの店をほったらかし。息子に全部任せっきりで、自分は勝手気ままに海外旅行をするようなどうしようもない人ですから」

黒い笑みを浮かべた三ヶ栄さんに、思わず苦笑いした。

「とにかく、本当に……」

そう言いかけたそのとき。

「帰ったぞ！　パリからご帰還や！」

ばんっと店の扉が豪快に開いた。

「おお、惣七に悦子のばあさん！　元気か！」

「ばあさん言うな、この放浪人が！」

忙しさへの苛立《いらだ》ちと能天気な声への怒りがあいまって、悦子さんが叫んだ。

大きなキャリーバッグを右手に、茶色の地の花入り翁格子の着物を着た男性が立っていた。坊主頭を扇子でペシッと叩きながら、がははと豪快に笑う男性。

「オトン、僕はあんたにいろいろと言いたいことがあるんや」

オトン……ということはこの方が、三ヶ栄さんのお父さんで、店長なの⁉　目を丸くして店長を見る。なんというか、すべてにおいて全然似ていない。

三ヶ栄さんが有無を言わせない表情で店長に詰め寄った。店長はそれはそれは面倒くさそうにしている。

「おお、あとで全部聞いたるやんけ。ほんで惣七。その子どないしてん」

ちらっと私を見た店長。私は慌てて頭をさげた。

「初めまして。四月からアルバイトとして働かせていただいている、神谷天音です」

「おお、バイトはんか！　よろしゅう頼んます、天音さん」

店長はにかっと笑ってぽんぽんっと私の肩を叩いた。

「あかん、今日こそ言わな気がすまへん。ええ加減にしてえや、ほんまに。僕、大学もあんのに店の仕事もして、お教室の先生までして。そのおかげで、僕の自由な時間は無きに等しいんやで。こないだかて、たまにしかやってへん新選組屯所旧前川邸《とんしょきゅうまえかわ》の見学予約してたのに、オトンが急にどっか行くから、行かれへんかってんで。ありえへん。めっさ前から楽しみにしててんで。せやのに悠長に海外旅行やて？　僕に喧嘩《けんか》売ってんのん？　ええよ。買《こ》うたるわ」

ひと息に言い切った三ヶ栄さんは笑みを浮かべているものの、私は彼の中に恐ろしい闇を見た。普段の品行方正な彼とは一八〇度ちがった、荒々しい言葉。そして、スラスラと文句を並べていくところが、恐ろしさに拍車をかけている。

「じゃあうちも遠慮なく」

今度は悦子さんが切り出す。

「あんたほんまええ加減にしや。仕事も全部惣ちゃんに任せて自分はどこぞに放浪て、どんだけ自由人やねん！　うちかって老骨に鞭《むち》打って働いとんのや！　最近膝が悪うなってきたんも、あんたがうちに心労をかけるからやで！　うちより若いあんたがもっと働けアホ！」

般若《はんにゃ》のごとく眉をつりあげて言い切った悦子さん。ふたりともここまでストレスをためていたんだ、と呆気《あっけ》にとられるものの、店長本人はどこ吹く風だ。

「おー、駄菓子屋のばあさん。久しぶりやん、元気か？」

と、ふたりの言葉も意に介さず、店の前の通りを歩いていたおばさんに呑気な声で話しかけている。

海千山千の老舗の店長だからなのか、これはこれですごい。

三ヶ栄さんは諦めたように深く溜息をついた。

「もうええ。それよりも……なんでまた、急に帰国したんや。なんか理由があんねやろ」

「んー、あれや。惣七。俺の代わりに、着物つくって届けてほしいんや」

「なんでやねん。嫌やし。自分の仕事くらい自分でしい」

即答した三ヶ栄さんに苦笑いした。

「せやて言うと思っとったから。ほれ」

店長は三ヶ栄さんにむかってなにかを放り投げた。三ヶ栄さんの手の中に納まったのは黄色いお守りだった。

「住吉《すみよし》さんのお守りや。お前、行きたいゆうとったから、買うてきたったで」

三ヶ栄さんがそれをまじまじと見て懐にしまうと、息を吐いて店長を見た。

「……どんなものをご希望で？」

その変り身の早さに、私はあきれてしまう。

「大仕事や。成人式の振り袖をつくってほしいんやって。よろしゅうたのんますわ」

ほれ、と店長は白い封筒を三ヶ栄さんに手渡した。

「さて、そろそろ出発せんと飛行機の時間に間に合わへんわ。次は、ドバイやで！　かわいいバイトはんも頑張ってな！　ほな、さいなら」

店長は、店からドタドタと出ていってしまった。

「あ、ちょっと待ち！」

悦子さんは飛び出していった店長を追いかけ、店を出ていってしまう。

「ほんまに……毎度毎度ええ加減にしてほしいわ」

心からあきれているような声で呟いた三ヶ栄さんは、額に手を当てて疲れたように肩を落として脱力する。この一瞬で、三ヶ栄さんの家の力関係がよくわかったような気がした。

三ヶ栄さんをここまで振りまわせる店長に、あきれを通り越してむしろ感心してしまう。

「店長って、台風みたいな方ですね……」

「的確な表現です、天音さん」

三ヶ栄さんは手渡された封筒と、黄色いお守りを見て溜息をついた。

「お守り、受け取ってしまったものの、住吉さんは自分で行かないと、意味がないのですがね」

「住吉さんって、住吉大社《すみよしたいしゃ》ですよね？」

　ポツリと呟いた三ヶ栄さんに、私は質問した。

「そうですよ。住吉さんは昔からずっと大阪で愛されている歴史の長い神社で、大坂随一のパワースポットでもあるんですよ」

「名前は聞いたことあるんですけど、どんな神社かはよく知らないです」

「大阪では初詣といったら住吉さんですよ。住吉さんの末社にある『おもかる石』という石を持ち上げて軽く感じたら願いが叶《かな》うといわれているんです」

「へえ、そんな石があるんですね」

「あれを持ち上げて、願いごとまでの距離を測りたかったんです」

　三ヶ栄さんのお願いごとってなんだろう、と想像する。三ヶ栄さんは懐にお守りを入れると、先程渡された封筒をちらりと見た。そして、中身をカサカサといじり、一枚の紙を取り出し「やっぱり」と額に手を当てて深く溜息をついた。

　三ヶ栄さんは忌々《いまいま》しげにその紙を目を細めて見ていた。その表情に、いったいなにが書いてあるのだろうかと気になってくる。

「見ますか、天音さん」

「えっと、見てもいいものなのですか？」

　ええ、と言いながら三ヶ栄さんは私に手渡した。

　受け取ってそれを見てみると、いくつかの数字と、ある住所が書いてあった。着物を仕立ててほしいと言っていたから、この数字はきっと誰かを採寸したものだろう。これのどこに腹を立てているのか。

首を傾げていると、三ヶ栄さんが口を開いた。

「その住所に住んでいらっしゃる方は、ふた月ほど前までここで働いていた方ですよ」

私が『やくふご』でアルバイトをはじめたのが二か月前だから、その人が辞めてすぐに私が雇われたことになる。大のお得意様の霧子さんでさえ、採寸時には『やくふご』まで来ているのに、この人の場合は店長自らが採寸したサイズを持ってきた。私はまだ呉服屋の業界のことはわからないけれど、その人と『やくふご』の間には、なにかあるのだろうか。

「そこで、ひとつ天音さんにお願いがあります」

いつになく真剣な表情で私の手を取った三ヶ栄さん。握られた私の手が熱を帯びていくのがわかった。

「な、なんでしょう？」

「後生ですから……僕の婚約者のふりをしてほしいのです」

「こ、婚約者？」

素っ頓狂な声をあげた私に、三ヶ栄さんはものすごく申し訳なさそうな表情を浮かべた。

いきなり婚約者って。

「なにか、理由がおありなのですね？」

「ええ。じつは、この住所には……僕の元婚約者が住んでいるのですよ」

「ええ!?」

婚約者!? 三ヶ栄さんって婚約者さんがいたんだ！ って、三ヶ栄さんはまだ大学生だよね？ 驚きのあまりあんぐりと開いた口がふさがらない。

そのとき、店長を追いかけていった悦子さんが「逃げ足だけは速いやっちゃで」と悪態をつきながら帰ってきた。

「え、悦子さん！ 三ヶ栄さんって婚約者がいたんですか！」

いきなりそう尋ねた私に目を瞬かせた悦子さん。

「婚約者って、あの、まりあとかいうわがまま娘のこと？」

悦子さんは顔を顰めながら三ヶ栄さんに聞き返した。どうやら元婚約者さんはまりあさんというらしい。それに、どうやら悦子さんはそのまりあさんにいい印象を持っていないようだ。

「そのまりあさんのお父様も呉服会社の社長で、僕は彼女と政略結婚をすることになっていたんですよ。まあ、こう言っちゃなんですがお父様が事業に失敗して没落寸前でしてね。僕と親戚関係になることで、『やくふご』から金銭面の支援を狙っていたんだと思いますよ」

三ヶ栄さんは表情を変えることなく淡々と告げた。その内容がまるでテレビドラマの中のことのようで、私は目を丸くする。

「相手のお父様はいろいろと顔が広い方でして、こちらも無下《むげ》にできなかったんです。それで僕が返事をする前にいつの間にか勝手に話が進んでいて。でも、どうしても僕には無理だったんです。僕の本能が『この方とは無理だ』と……」

ああ。所謂《いわゆる》、生理的に無理ってやつですね。私は頷いた。

さらに三ヶ栄さんが言うには、店長の面白半分なはからいで「なんやったら、ここで花嫁修業でもしときぃな」と結婚までまりあさんにバイトをすすめたらしい。でもいろいろあって二か月前に辞めたという。

その、いろいろの部分がものすごく気になるけれど、なんだか聞くのが怖くて私はなにも言えなかった。

「なんやかんやで、うやむやになって結局、婚約は解消になっているのですが、彼女はまだ僕との結婚を諦めていないらしいのです。でも、どうしても僕は無理なんです。彼女を伴侶として、一生を過ごすことは不可能なんです」

少し瞳を潤ませて悲痛な表情を浮かべた三ヶ栄さんは、口ではひどいことを言いながらも、目はまるで子犬のようだった。

どうしてもまりあさんと結婚したくない、しかしうまく断ることができない。そんな事情なら。と、どきどきと鼓動が速くなるのを感じながら、私はなんとか口を動かした。

「わ、私でよければ……ふり、ですし」

「本当ですか！　ああ、天音さん。貴女は僕の恩人です！　僕に婚約者がいるとなれば、彼女も諦めがつくはずです！」

三ヶ栄さんは破顔して喜んだ。

「僕は生涯不犯の誓いを立てた身なんです。なのに父が毎度毎度こういった話を持ち込んでくることには、本当に参ってしまいます」

三ヶ栄さんは、眉をさげながらもじゃもじゃ頭を掻いた。

「ふぼん、とは?」

「とても簡単に言いますと、愛しく思える人をつくらない、という決意ですよ」

理解するまでに時間がかかってしまったが、三ヶ栄さんはもう絶対に恋人をつくらない、生きているうちは結婚もしない、ということ? 私は複雑な気持ちを抱きながらもそんなことを大学生で決めてしまっている三ヶ栄さんに驚いた。それに恋愛感情なんて自分で簡単にコントロールできることではないだろう。でも、そう決めた原因がある気がする。

不思議な気持ちで三ヶ栄さんを見ると、少し遠い目をして微笑んでいる。

「あ、えっと……毎度毎度って、そんなに店長は結婚の話を持ち帰ってこられるのですか?」

「ええ。ほら、見てください」

三ヶ栄さんはショウケースの上に置かれていた、台紙の束を持ちあげた。三ヶ栄さんがぱらぱらとめくるので、横からそっと覗いてみると、なんとそれはすべて女の人のお見合い写真だった。

「本当に、ちゃっかりしてますよね。うまくいって僕が結婚してその相手が店を手伝ってくれれば自分の仕事が減り、跡継ぎの心配もいらなくなって楽になるから、とかそんな理由でしょうね。自分勝手すぎますよ」

「は、はは……」

ふうと深く溜息をつくと、三ヶ栄さんは話を打ち切るようにその束を文机の上へ置いた。

「さて、天音さん。よかったら一緒に反物の柄を選びませんか？」

三ヶ栄さんが切り替えたように、笑う。

「え、いいんですか？」

「ぜひ。ひとりで選ぶよりも気が楽です」

「あ、あはは……」

三ヶ栄さん、まりあさんの着物をつくることさえ嫌なんだ。私はむしろここまで三ヶ栄さんから嫌われる彼女のことが少しばかり気になった。

三ヶ栄さんはにこりと微笑み、棚に歩み寄って、私においでおいでと手招きをした。

「えっと、どんな柄をご要望されているんですか？」

「あの人はとにかく派手なものが好きなようですね。顔合わせのときも大きな柄の着物を着ていましたから」

目の前にあった反物を取った三ヶ栄さんは首を唸る。そして次々といくつもの反物を広げていく。

どれだけ嫌いな人に贈る着物でも、公私混同をせずに真剣に選んでいるところから三ヶ栄さんの仕事に対する姿勢がうかがえた。

「ああそうだ、先にまりあさんのお宅に連絡を入れておきましょうか。あとまわしにすればするほど気が重くなりますし」

そう言ってさっそく受話器を手に取り、番号を迷うことなく押した。

「もしもし、『やくふご』です。ご無沙汰しております、惣七です」

滑りだしは順調だ。いつもと変わらない対応で三週後くらいには完成することと、届ける前日にまた連絡することを伝えている。

「それと、ご紹介したい方がいますので共にうかがってもよろしいですか？　僕の婚約者です。では、そういうことで失礼いたします」

受話器を置いた三ヶ栄さんは、悩みごとがなくなったのかすっきりとした表情で「晴れ晴れとした気分です」と言った。そんなにまりあさんのことを嫌っているんだ、と私は苦笑いを浮かべる。

「……ああ、天音さん。言っておきますが、僕は彼女のこと嫌いではないですよ。ただ、この世で一番苦手なだけです」

すかさずそうつけ足した三ヶ栄さんに曖昧に笑いながら、その三ヶ栄さんの元婚約者さんを想像しながら反物を探した。

「あ」

三か月栄さんはなにかを思いついたように声を出した。そして箱からひとつの反物を取り出した。

　その手に握られていたのは、卵色から徐々に紅梅色に変わっていくグラデーションの地に黄色や桃色、赤色の薔薇がふんだんに描かれた華やかでかわいらしい反物だった。

「わあ、かわいい。素敵ですね」

　私が感嘆の声を漏らすと、三ヶ栄さんはクスクスと笑った。

「天音さん、これにしようと思います」

「すごくいいと思います」

「そうですか？　天音さん、黄色い薔薇の花言葉ってご存じですか？」

　反物に描かれた黄色い薔薇を指さす三ヶ栄さんに、私は首を傾げた。

　薔薇って、たしか色によって花言葉がちがうんだよね。黄色い薔薇の花言葉？　赤い薔薇なら知っているけれど黄色い薔薇は知らない。私が首を振れば、三ヶ栄さんはクスリと笑って口を開いた。

＊＊＊

　渋々ながらも手は抜かず、きっちりと振り袖を仕立てていった三ヶ栄さんは、宣言どおり、三週間で振り袖を完成させた。

　そうして今日ができあがった振り袖を持って、その元婚約者さんの家に行く日なのだ。

梅雨入りから十日ほど経っていたが、今日は雨が降らないようだ。今回は、社用車で向かうらしい。

「どうぞ、天音さん」

三ヶ栄さんはいつものように紳士的にエスコートして、助手席の扉を開けてくれる。

「あ、ありがとうございます」

三ヶ栄さんは運転席に乗り込んで、車のエンジンをかけた。着物姿でハンドルを握る三ヶ栄さんは、少し新鮮だ。

「どうかしましたか？」

私の視線を感じたらしく、前を向いたまま少し笑った三ヶ栄さんがそう尋ねた。なんでもないです、と慌てて首を振り俯いた。

「阪神高速で『ユニバ』の近くまで行きますよ」

「ユニバですか？」

「ええ、天音さんもご友人と行かれたことがおありでしょう」

聞きなれない言葉に、眉間にしわを寄せて考える。ユニバってなんだろう。友達と行くということは、遊べる場所か買い物ができる場所ということだろうか。

「あの、三ヶ栄さん。ユニバってなんでしょう？」

聞き覚えのない単語に、私は三ヶ栄さんに尋ねる。

「ああ、ご存じありませんでしたか」

「はい。私、この四月に父の転勤で大阪へ越してきたばかりだから、あまり土地勘がなくって。転勤族なんです。言ってませんでしたけど、じつは出身は千葉なんですよ」

「そうでしたか、天音さんの出身は千葉県なんですね」

三ヶ栄さんは「それではご存じないかもしれませんね」と納得とばかりに頷いた。

「ユニバは、『ユニバーサル・スタジオ・ジャパン』のことですよ」

「あ、『USJ』のことですか。こちらではユニバって略すんですね。って、三ヶ栄さん、ユニバは日本語に直さないんですね」

「ユニバは大阪人の誇りですから。米国映画産業中心地を思わせる外観に、遊戯設備が集合したすばらしい複合娯楽施設です」

訳すと、ハリウッドを思わせる外観、アトラクションが集合したテーマパークという具合だろうか。最近では、私も三ヶ栄さんの横文字嫌いにだんだん慣れてきた。

「大阪の前は福井県にいましたが、そこでもUSJと言っていました」

「福井にもいらっしゃったのですね」

「そうなんです。福井は長くて十年住んでました……」

そう言葉にすると、心の奥底にしまったはずの幼い頃の思い出が脳裏をかすめ、胸が痛んだ。三ヶ栄さんに気取られないように、そして自分自身もその痛みに気がつかないふりをして笑った。

三ヶ栄さんが微笑みながら「そうなんや」と頷いたのを確認して、ほっと息をついた。

十分ほど車を走らせていると、三ヶ栄さんが「ああほら」と指さした。

「ユニバが見えてきましたよ、天音さん」

三ヶ栄さんが指さす先に目を向けると、大きなジェットコースターのレールが見えた。見ていると、走ってきたジェットコースターは後ろ向きに滑りながら落ちていく。あれはCMで見たことがある。

「わあ！　怖そうだけど、楽しそうですね！」

「はい。せっかく大阪にいらっしゃるのですから行ってみてください」

私がそう言うと、三ヶ栄さんは楽しげに頷いた。

「もうすぐ着きますよ」

「はい」

USJ……ユニバの横を通り過ぎしばらくすると、車は住宅街へと入っていった。数十分ほど住宅街を走って、三ヶ栄さんはコインパーキングに車を停めた。元婚約者さんの住んでいる家には来客用の駐車スペースはないそうだ。

このパーキングからすぐのところに元婚約者さんの家はあるらしい。

仕立てたばかりの振り袖が入った桐箱を脇に抱えた三ヶ栄さんについていくと、三ヶ栄さんは一軒の家の前で立ち止まる。ここが目的の家らしい。茶色い煉瓦《れんが》造りの家は周囲の家よりは少し大きく立派だ。なにより私は玄関アプローチの両脇にある薔薇園に目が奪われた。

門から玄関扉まで敷かれた石畳一枚一枚にまで薔薇の模様が彫られている。そして両側にきめ細かな細工が施された柵があり、向こうにはまっ赤な薔薇が所せましと咲いていた。そして目の前には薔薇のアーチ。

うっとりとしている私をよそに三ヶ栄さんは迷うことなくアーチをくぐり、玄関先のインターホンを押した。私もあわててついていく。

ほどなくしてひとりの中年女性が出てきた。顔色は白く表情は恐ろしく能面で、私と目が合うなり眉をひそめた。女性はちらりと自分の腕時計に目をやって「どうぞ」と感情のこもっていない淡々とした声で私たちを招き入れた。

「お母様の、麻子《あさこ》さんです」

三ヶ栄さんは私の耳元でそう呟いた。私たちを案内する麻子さんのどこか覇気がないほっそりとした背中は、少し不気味な雰囲気だった。我ながら失礼だと思ったが、そんなことを考えながら一度もこちらを振り返らずに歩いていく麻子さんについていき、私たちは客間に通された。

客間に置いてあるソファーやテーブル、そのほかの調度品はどれも英国風のアンティークで、麻子さんが出してくれた紅茶のカップはきっとロイヤルコペンハーゲンのものだ。はしたないと思いつつもジロジロと見てしまい、「ああ、大和男児の三ヶ栄さんとは合わないはずだ」と妙に納得してしまった。

「どうぞお紅茶をお飲みになって」

テーブルの前に置かれたティーカップとカゴに入ったクッキーをすすめられ、私は小さく頭をさげてそっと口に含んだ。

そのとき、ドタドタと廊下を走る足音が徐々に近づいてきて、美しいステンドグラスのはめられた扉がバンッと豪快に開かれた。

「惣七様！　お会いできて光栄ですわ！」

入ってきたのは着物を着た若い女性。その人は勢いよく三ヶ栄さんに抱きついた。

うわあ、と動揺していたのは私だけで三ヶ栄さんは驚くほど真顔だった。そしてまりあさんの両肩をつかんで、べりっと自分から引き離した。

「お久しぶりです、まりあさん。相変わらず、個性的な格好で」

ふわりと微笑む三ヶ栄さんに、まりあさんはポッと頬を赤く染めた。

「ふふ、『やくふご』で修業しましたから。私のセンスも磨かれましたわ！」

「……褒めたんとちゃうわボケ」

ぼそりと呟かれた三ヶ栄さんのそのひと言に私はギョッと目を丸くした。三ヶ栄さんがお客さんに悪態をつくなんて！　驚きつつも、まりあさんの自信たっぷりの着物を見た。

蛍光オレンジの地に、輪が少しずつ重なって繋がったこの文様は、たしか『輪繋《わつなぎ》』と呼ばれている。全体的に柄付けされているから、その着物は輪繋の小紋だ。そして、帯は茄子《なす》紺《こん》色。蛍光オレンジに紫は……はっきり言って全然合わない。

苦笑いでその成り行きを見守っていると、突然まりあさんは私のほうを見た。

「あら、惣七様？　こちらの方は？」

「ああ、紹介が遅れてしまいましたね」

三ヶ栄さんは真顔から一変、柔らかな笑みを浮かべて私のほうを見た。その表情に、ドキンと胸が高鳴る。

「こちら、僕の婚約者の天音です」

「は、は、初めまして。神谷天音です」

にこやかに私の紹介をする三ヶ栄さんの隣で、ぎこちなく会釈をした。初めて呼び捨てで名前を呼ばれ、驚きと恥ずかしさにドキドキ速まる鼓動を落ち着けようと、小さく深呼吸した。

そしてゆっくりと顔をあげたそのとき、般若のような表情で私を睨《にら》みつけるまりあさんと目が合った。その形相に驚く。自分の目を疑い、ぱちぱちと数回瞬きをして目を開ければ、まりあさんはいたって普通の表情に戻っていた。

「んまあ、惣七様ってば冗談がお上手。婚約者？　私はそんな話、お母様からもお父様からも聞いておりませんわよ。こんなちんちくりんが惣七様の婚約者ですって？　……ほんま、なに言うてはんの」

最後は低い声で呟き、まりあさんは据わった目で私を睨みつける。ギョッとして肩をビクリとあげると、まりあさんはふんっと鼻で笑った。

「冗談なんて言いませんよ。天音は僕のかわいい婚約者ですから。ああ、ご依頼されていたお着物はこちらです。それでは、僕たちはこれで失礼させていただきます」

三ヶ栄さんはそうさらりと述べて桐箱からたとう紙に入った振り袖を差し出すと、ふわりと笑ってから、立ちあがって一礼した。私も腰を浮かした——そのとき。私はぎゅっとするような下腹部の痛みを覚え、眉間にしわを寄せた。

「惣七様、もう帰ってしまわれるの？　もう少しゆっくりしていってくださいませ！」

まりあさんは三ヶ栄さんの腕を引いてまたソファーに座らせるとその腕に自分の胸を押しつけるようにして、三ヶ栄さんに抱きついた。

私もまたソファーに座り直す。すると、今度は本格的にお腹がキリキリと痛みだした。服の上からそっとお腹を抑え、必死で考えを巡らせる。どうしよう。でも、どうして急に腹痛なんて。お客さんの家でトイレを借りるわけにもいかないし……。脂汗が額に浮かぶのを感じながら、三ヶ栄さん早く帰りましょう、と心の中で訴えた。

「天音、どうかしましたか？」

隣から、三ヶ栄さんの優しい声が聞こえた。三ヶ栄さんはまりあさんを自分から引き離し、私の顔を覗き込んだ。

「顔色が悪いやん、具合悪《わる》ぅなったん？」

そっと頬を撫《な》でられて、一瞬腹痛なんて忘れるくらいにドキドキと胸が高鳴った。が、これは婚約者の演技だから！　と自分を落ち着かせる。一方で腹痛はさらにひどくなる。

「な、なんでも」

「お腹、痛いん？」

ぼそっと耳元でそう尋ねられ、恥かしさのあまり顔をまっ赤にした。バレバレだった。

小さく頷くと、三ヶ栄さんはぽんぽんと私の頭を撫で、立ちあがった。

「すみません、天音が具合が悪いようですので、帰らせていただきます」

そう言って私に手を差し出す。ああ、よかった。そのひと言にホッとして、肩の力が抜ける。私はその差し出された手に自分の手を重ねて、ゆっくりと立ちあがった。

「だいぶ体調がよろしくないようですから、うちの御手洗を使っていかれましたら？」

麻子さんが腕時計をまた確認しながらそう言った。お客さんの家でトイレを借りるなんて本当はしたくないのだが、お腹の調子が思ったより悪い。私はそのお言葉に甘えることにした。

「では、その間に僕は車をまわしてきますね」

「だめよ、惣七様！　ここにいてくださいませ！　そのちんちくりんが『大』をしているのをずっと車で待つなんて、あんまりですわ！」

その言葉を聞いて恥ずかしさと少しの怒りに、私は俯いた。

もう、早くトイレを借りて帰りたい。

「神谷さん、こっちよ」

まりあさんを一度見て、麻子さんは私にトイレまで案内してくれる。

「すみません、ありがとうございます。お借りします」

小さく頭をさげてトイレのドアノブに手をかけ、少しひいたその瞬間。麻子さんが開きかけていたドアをバンッと勢いよく閉めた。私は突然のことに目を丸くして固まる。

「それよりも神谷さん」

また腕時計を見た麻子さんは突然声色を変えて、微笑みながら私の両肩をつかんだ。その笑顔がまた気味悪く感じて、顔をこわばらせながら「なんでしょう」と返す。

「今日の晩御飯はなんですか」

「は？」

「今日の晩御飯ですわよ」

私は、微笑みながら聞いてくる麻子さんに戸惑いを隠せなかった。

どうして突然、今日の晩御飯を聞いてくるの？　麻子さんは今日の晩御飯の献立で困っているのだろうか。それはトイレのあとでゆっくり話すので今はまず、トイレに入らせてほしい。

「焼き魚……だと思いますが」

「そう、じゃあ昨日の晩御飯はなんでした？」

「……昨日の？」

たいして興味なさげに相槌《あいづち》を打ち、麻子さんはまた腕時計をちらりと確認する。晩御飯の支度を考えているのだろうか。しかし、今の私はそれどころではない。またきゅうっとお腹が痛んだ。とっさにお腹を手で押さえ、顔を顰める。早くトイレを借りたいのだけれど、麻子さんがドアを押さえているので入れない。

「あの、麻子さん御手洗を……」

「そう、わかりましたわ。呼び止めてごめんなさい、お使いになって」

「あ、ありがとうございます」

なにがわかったの意味不明だが、小さく会釈して麻子さんが廊下を戻っていくのを見送ってから、私は今度こそトイレの扉を開け、中に入った。

それにしても、私、知らないうちに変なものでも食べたのだろうか。思い返すが心当たりがない。いや、もしかしたら〝婚約者のふり〟をするのに、緊張していたせいなのかもしれない。

いずれにせよ、今日はほんの数時間でどっと疲れた。

「早く帰りたい」

思わずそうひとりごちて、私はトイレから出た。

そのときだった。

――パリンッ！

なにかが割れるような音が上の階から聞こえ、驚く。

音のほうに向かうべきかとあたふたしていると、客間から三ヶ栄さんたちも顔を出す。

三ヶ栄さんは、結局車を取りにいけず、まりあさんにつかまったままだったようだ。

「二階ですわ、なにか割れる音が……泥棒かもしれません！　怖いわ！　惣七様！」

まりあさんはそう言って三ヶ栄さんの腕にしがみつく。無表情でその手をほどいた三ヶ栄さんは「行ってみましょうか」と階段へ向かった。

ぞろぞろと二階へ続く階段を上っていく三ヶ栄さんたちのあとを追って、私も二階へ向かった。

「お、お母様！　あの部屋のドアが開いていますわ！」

二階に着くとまりあさんが指さして叫んだ。その先には、ドアが半開きになった部屋があった。三ヶ栄さんが中を覗いてドアを開ける。お香のような匂いがして、私も様子をうかがうと部屋の中は煙が立ち込め霧がかかったようになっていた。

三ヶ栄さんが手ぬぐいで口元を覆いながら中に入って窓を開けた。

煙はゆっくりと外へと流れていき、だんだんと部屋の中が見えるようになってきた。そこは十畳ほどの洋室で、大きなベッドとテーブルに椅子、備えつけのクローゼットがあった。物が少なく客室なんだと判断できる。整然とした部屋だが、中央にはそこだけ異彩を放つように青いなにか破片のようなものが散らばっている。

「ああ！　壺《つぼ》が！」

まりあさんの驚いたような声が響いた。よくよく見れば青い破片は片手で持てそうな大きさの青い柄の壺だった。壺が割れていたのだ。

それを見た麻子さんは血相を変えて駆け寄り、腰が抜けたように跪《ひざまず》いて手を伸ばした。

「これ、染付《そめつけ》よ！」

叫びにも似た声で麻子さんが言う。

すると騒ぎを聞きつけたのか、隣の部屋から眼鏡をかけた男性が現れた。

「なんだなんだ騒々しい。どうしたんだ。ああ、三ヶ栄くんか。久しぶりだね」

「お久しぶりです、智也《ともや》さん」

三ヶ栄さんが頭をさげる。

「あ、あなた！　壺が割れているの！」

どうやら、その男性はまりあさんのお父様で、智也さんというらしい。智也さんは訝しげにその視線の先を見て「あっ」と声をあげた。

「ど、どうしてこんな！」

智也さんは顔色を青くして、麻子さんのもとに駆け寄ると、割れた壺の破片を手に取る。

「……五百万の染付が！」

「え！」

麻子さんの震えた声から飛び出した金額に、私はギョッとして思わず声が出てしまい、慌てて手で口を塞ぐ。五百万円というと新車を一台買えてしまうくらいの価格だ。あんなに小さいのにそれほどの価値があるなんて。目を丸くしてただただ驚いていると、麻子さんがギロッと私を睨んだ。

「あなたが割ったんでしょう！」

「わ、割ってません！」

　突然疑いの矛先を向けられて、かっとなってしまう。お腹が痛くなったり、壺を割った犯人にされてしまったり、今日はいったいどうなっているのだろう。

「犯人はあなたとしか思えないじゃないの！　私とまりあ、惣七さんは一緒にいたわ。まさか、私の主人が犯人だっていうの？」

「いや、それは……」

　ぐっと言葉に詰まり俯くと、三ヶ栄さんが私の肩をそっと抱いた。

「落ち着いてください、麻子さん」

　三ヶ栄さんが穏やかな声で声をかけた。

「落ち着いていられるわけないじゃない！　弁償よ！　五百万払ってちょうだい！」

　そんな！　私は割っていないのに、話も聞いてもらえない。本当にこのまま壺を割った犯人にされてしまうのだろうか。五百万円なんて、ただの女子高生の私に払えるわけがないし、そもそも私は犯人ではない。

「ちょっと、お部屋を拝見しますね」

　三ヶ栄さんは部屋を注意深くぐるりと見まわした。そして三周ゆっくり部屋を見て歩いたあと、腕組みをしてなにかを思案しはじめた。

「ちょっと惣七さん？」

「そ、惣七様？」

困惑したようにまりあさんと麻子さんが声をかける。しかし三ヶ栄さんは落ち着かない様子のふたりをよそに私のそばまで戻ってきて、「耳を貸してください」と言った。

　不思議に思いながらも耳を傾ける。

「天音さん、さっきの腹痛の件なんですが。今は大丈夫ですか？」

「あ、はい。大分ましになりました」

「そうですか。今朝変なものを食べたなんてことは？」

「私も考えたんですけど……ないと、思います」

　そうですか、と呟くと三ヶ栄さんは少し言いにくそうに言葉を詰まらせて「月のもの、ではないですよね……？」と尋ねてきた。

　つつつ、月のもの！　意味を理解した瞬間、瞬く間に赤面した私。それを見て三ヶ栄さんは眉をさげて謝った。私も照れている場合ではないと理解して、俯き加減に小さく首を振って否定した。

「すみませんでした、ありがとうございます」

　本当に申し訳なさそうに謝って、三ヶ栄さんはまた部屋をぐるりと見渡すと、壺のまわりでうなだれている麻子さんと智也さんのほうを見た。

「……ただの一呉服屋店主代理の見解ですので、まちがっていたら『ああ、推理小説馬鹿がイタイことやってるわあ』とでも思ってくださいね」

　三ヶ栄さんはそう言ってふんわり微笑むと、目線を床に落とした。そこには、お椀《わん》型の硝子製蚊取り線香ホルダーと、それをのせた木製の台があった。

続けて、キョロキョロとなにかを探すそぶりを見せる。そして部屋の隅にあった踏み台を部屋の真ん中まで持ってきた。その台に乗って部屋の真ん中にぶらさげられた小ぶりのシャンデリアをいじると、「ああ、わかりました」と楽しげに笑う。私は、ゴクリと生唾を飲み込んだ。

「まず、この壺が割れた仕掛けですが」

「仕掛なんてどうでもいいわよ！　犯人は誰なの！　惣七さん、婚約者だからって庇《かば》うのは共犯になるのよ！」

三ヶ栄さんの言葉をさえぎるように麻子さんが早口でまくし立てれば、三ヶ栄さんはふわり笑って小さく首を振った。

「この壺は、誰も割っていませんよ。天音でも、あなた方でもない」

「じゃあ！」

「ただ、壺が割れるように仕掛けた犯人は、います」

はっと、誰もが息をのんだ。壺は誰も割っていない、けれど壺は割れていた。壺が割れる音を私たちは聞いたけれど、そのときまりあさんと麻子さんは三ヶ栄さんと一緒にいて、私はトイレにいた。智也さんだけがアリバイがないけれど……。私が思考を巡らせていると三ヶ栄さんはさらに続ける。

「時間差を使った仕掛けですよ。この蚊取り線香を使った」

三ヶ栄さんは硝子製のホルダーのそばに跪いてそれを見た。

ああそうか、と私は気づく。部屋のドアを開けたときのお香の香りは、蚊取り線香だったんだ。部屋が霧がかかったみたいにまっ白だったのも、蚊取り線香の煙だろう。

「実証してみましょうか。壺の代用品は……まあ、手ぬぐいでいいでしょう」

そう言って三ヶ栄さんは懐から手ぬぐいを取り出した。

「使われたのは、きっと裁縫の糸かなにかでしょう。その糸の端を蚊取り線香を焚くときに使う硝子製の容器にくくりつける。そして蚊取り線香を設置してその中心に糸をくぐらせます。そしてもう片方の糸の端はこの壺の取っ手の部分に巻きつける」

三ヶ栄さんは懐から小さなソーイングセットを取り出して、裁縫糸を適当な長さで切った。そして、その糸の端を言ったとおりに蚊取り線香の渦巻きホルダーにくくりつけ、もう片方の端は、蚊取り線香の中心を通してから手ぬぐいをくくりつけた。蚊取り線香の中心部に糸が触れるように調節しながら。

「そして、そこの照明器具に糸の中心を引っ掛けたんです。埃《ほこり》の積もった照明器具に、不自然な線の痕が入っていたのが証拠です」

シャンデリアに糸を引っ掛けて、手ぬぐいを宙にぶらさげ、三ヶ栄さんは「時間短縮しますね」と蚊取り線香を短く折ってから火をつけた。しばらくして、蚊取り線香の火は糸が触れている中心のところまで短くなった。そのとき、ピンと張られていた糸がプツリと切れて、三ヶ栄さんの手ぬぐいは壺の破片が散らばるその上へと落ちていった。

「壺の重みで硝子の容器が浮いてしまうかと思ったんですが、どうやらこの容器は動かないようにこの台に固定されていたみたいですし。おおかた強力な瞬間接着剤かなにかを使ったんでしょう」

三ヶ栄さんは蚊取り線香のホルダーを持ち上げようとしたけれど、本当にびくともしなかった。それに蚊取り線香ホルダーには燃えた糸の残った部分があった。

「これが、時間差を生んで壺が割れた仕掛けだと思います。渦巻き型の蚊取り線香は八時間。計算すれば、いくらでも時間は合わせられますよ。とても単純でしたね」

「で、でも！　シャンデリアに掛けていたのだとしたらもっと長い糸が必要でしょう。その糸はどこにいったのよ！　どこにもないじゃないの！」

麻子さんが三ヶ栄さんに詰め寄る。

「そうなんですよ。ないんです。それに、糸のほかにもないものがあるんです」

三ヶ栄さんが意味深にそう言ってふふと笑う。糸以外に、ないもの？

「よく見てください。取っ手が取れたような痕跡があるでしょう。糸のほかにないもの、それは糸をくくりつけた取っ手ですよ。割れた音を聞いてからすぐに駆けつけたので、犯人は慌てて証拠となるそれを隠した。考えられるとしたら、ここにいる僕たちの誰かが隠し持っているんでしょうね」

ああそうか、と私は大きく頷いた。割れた破片には壺の取っ手部分がひとつしかなかった。本来はふたつあるはずなのだろう。でもどうして犯人はその糸のついた破片だけを拾ったんだろうか。

首を傾げていると、三ヶ栄さんはにこりと笑った。

「特別な糸だったんでしょうね。ああ、そういえば麻子さん、趣味で刺繍《ししゅう》をしていませんでしたっけ」

ほとんど答えのようなそのひと言に、皆が一斉に麻子さんを見た。三ヶ栄さんは麻子さんに微笑みを向けながら言葉を続けた。

「僕が疑問に思ったのは、なぜ天音が犯人に仕立てあげられたのか。そして、なぜ都合よく天音が席を立ったときに壺が割れたのか」

三ヶ栄さんは顔から笑みを消して、真顔で麻子さんを見た。

「すべては、天音の飲んだあの紅茶を調べればわかるように思います。紅茶の中に、下剤でも溶かしたんでしょう。そして仕掛けで壺が割れるのと時間が重なるように天音を御手洗へ誘導して、現場不在証明をないものにした」

そうか、トイレの前でのあの意味不明な質問は、時間調整のためだったのか。私がトイレの前での出来事を思い出していると、三ヶ栄さんはさらに続ける。

「というかそもそも、天音が来ることを知っている人、つまり麻子さんしかできない犯行なんですが。まだ持ってるのではないですか？　糸がついた片方の取っ手を」

麻子さんの顔色はまっ青で、目は見開かれ、手足はガタガタと震えていた。

「僕の興味はただ『真実を知る』という点にあります。かわいい婚約者を犯人扱いされるなんて、不本意ですから」

　極上の笑みを浮かべそう言った三ヶ栄さん。不覚にも、私の胸は大きく高鳴った。と同時に、麻子さんは膝から崩れ落ちるようにして、絨毯《じゅうたん》の上に座り込んだ。

「そうよ！　犯人は……犯人は私よ！」

　はっと全員が息をのんだ。麻子さんは震える声で続けた。

「不景気の煽《あお》りを受けてとうとう会社も潰れそうになって……そんなときに舞い込んできた、喉から手が出るようなまりあの縁談話が破棄なんて！　『やくふご』の子会社になれば、会社を守れるはずだった！　そのためにはどうしても惣七さんがまりあと結婚してくれないと困るのよ！　そのためなら、どんな手だって使うわよ！　私ひとりが手を汚してすむのなら、なんだってするわよ！」

　麻子さんは言い切ると、絨毯の上に泣き崩れた。その姿に言葉を失った。

　つまり麻子さんは私を犯人に仕立てあげて三ヶ栄さんと別れさせ、まりあさんとの縁談話を押し通すつもりだったんだ。怒りよりも、驚きのほうが大きかった。なぜ人を陥れることをしてまで、娘をその道具にするようなことをしてまで……。

「名誉毀損に、暴行罪。立派な犯罪行為ですよ」

　ナイフのように鋭い目つきで、淡々と三ヶ栄さんはそう言った。

「お前、そんなことまでして！」

　智也さんが驚いたように目を見開いて、泣き崩れる麻子さんを見た。

「ほんまありえへんわ。僕のこと欺いて、天音のこと犯人に仕立てあげるなんて百万年早いで。ええ加減にしいや」

三ヶ栄さんは冷たく言い放った。ぞくりと背筋が凍るような、冷淡なオーラを感じた。

その言葉に麻子さんは、わっと大声をあげて泣き崩れる。部屋には重い空気が流れた。

その空気を破ったのは、智也さんだった。絨毯の上に伏せていた麻子さんの肩を優しく抱き寄せた。

「ありがとう、麻子。お前がそこまで考えていてくれたなんて、思わなかった」

優しい声色で麻子さんに話しかけた。

「俺は、お前の気持ちだけで十分だよ」

「なに言ってるの！　あなたがそんなだから、会社はどんどんだめになるのよ！」

麻子さんはヒステリックに叫び、その智也さんの胸板をどんどんと叩いた。そんな麻子さんを智也さんは一層強く抱きしめた。

「会社なんて、どうなってもいいじゃないか！　俺は、お前とまりあがいてくれれば、それで十分なんだよ」

智也さんの優しい言葉に麻子さんはなにかに気づいたように目を見開いた。そしてしばらくの沈黙のあと、またわっと子供みたいに大きな声で泣き崩れた。

私はその光景をやけに冷静に眺めていた。なんだろう、この昼ドラ的展開は……。

「惣七くん、今日はどうもすまなかったね。そして、ありがとう」

玄関先で、智也さんは三ヶ栄さんに深々と頭をさげた。

「いいえ、僕はなにも。僕はただ、〝ごふく〟を届けただけですから」

三ヶ栄さんはいつもどおりの、爽やかな笑みで謙遜した。その姿を見て、私はやっぱり三ヶ栄さんは〝御福を運ぶミカエルさん〟だ、なんて思っていた。

智也さんの隣に立っていたまりあさんが「やっぱり素敵ですわ、惣七様！」と三ヶ栄さんに抱きつこうとしたが、三ヶ栄さんはそれをさらりとかわした。

薔薇に囲まれた玄関アプローチを歩いて、まりあさんの家を出る。三ヶ栄さんの隣に並んでコインパーキングまで、ゆっくりと歩いて向かった。

「あ」

なにかを思い出したように、三ヶ栄さんは声をあげた。

「どうかしたんですか？」

「天音さんに謝ってもらってないじゃないですか。よし、戻りましょう」

くるりと踵《きびす》を返し、家へ戻ろうとした三ヶ栄さんの袖を慌ててつかんだ。ぶんぶんと首を振って「結構ですから！」と訴える。

「本当にいいですから！　疑いが晴れただけで十分ですし！」

三ヶ栄さんは不服そうに眉をひそめた。

「僕の腹の虫がおさまらへんねん！　なんやねん、あのオバハン。天音さんに薬盛るわ、犯人にするわ、めっちゃ腹立つ。ちゃんと謝ってもらわなあかんで、天音さん！」

ぶつぶつと文句を言う三ヶ栄さんに、私は苦笑いした。そこまで私の代わりに怒ってくれたら、逆に怒る気が起きないよ……。

「そ、それに！　心が広いというのなら、智也さんですよ。私なら、五百万もする壺を割られてしまったら、絶対に許せませんよ！」

五百万円なんて大金、そう簡単には許せない金額に決まっている。うんうんと頷いて、三ヶ栄さんに同意を求めると、三ヶ栄さんは不敵にニヤリと笑った。

「……そうですね。でも天音さん、よく考えてみてください。会社が潰れたときに出る損失のほうが、壺の価格よりもはるか高額になるんですよ。そう考えると、智也さんはかなりせこい方ですよ」

「せ、せこい？」

「ああ、『せこい』はケチとかズルいという意味です。高額な壺を割ってしまった麻子さんを許すことで、莫大な借金をつくった自分が責められないようにしたのですから。やっぱりせこいですね」

絶句する私を見て、三ヶ栄さんはおかしそうにクスクスと笑った。智也さんは本当にそこまで考えていたんだろうか？　そうだとしたらたしかに、かなりせこい。というか、そもそも壺を割らずに売って借金返済の足しにするという選択肢はなかったのだろうか。

「もったいないですよ」

唐突にそう呟いた三ヶ栄さんに、私は首を傾げて「もったいない？」と聞き返した。三ヶ栄さんはひとつ頷いて口を開いた。

「ええ。お金のことで頭がいっぱいになって、目の前の大切なものが見えなくなるなるなんて、もったいないことです。恵まれているか否かは、物質的なもので決まることではないんですよ。物質的な意味以外でも、恵まれている人は目の前の大切なものをしっかり見られている。目の前の大切なものを、当たり前に大切にできる。だから恵まれているんです。僕も、そんな人でありたい」

少し遠い目をした三ヶ栄さんは、私に向かって柔らかく微笑んだ。

私はそっと目を伏せた。

『目の前の大切なものを、当たり前に大切にできる』

私は、できているんだろうか。そう考えると胸が痛んだ。

＊＊＊

次の日。

いつものように放課後のアルバイト。私が『やくふご』の店内をはたきで掃除していると店に一本の電話が鳴った。電話器のそばにいた三ヶ栄さんが受話器を取った。

「はい、『やくふご』でございます。ああ、まりあさんですか。……そうですか、それはよかったです」

まりあさんからの電話なんだ。はしたないと思いつつも聞き耳を立てていると、三ヶ栄さんはその言葉を最後に、なにも言わなくなってしまった。

その状態が三分くらい続いて、三ヶ栄さんはカシャンと受話器を置いた。

「え、切っちゃってよかったんですか？」

「はい、どうでもいいことだと判断しました」

清々《すがすが》しい笑みを浮かべて、そう答えた三ヶ栄さんに、私は苦笑いした。

そして、ふとまりあさんが少し前までここでアルバイトをしていたことを思い出した。

「そういえばまりあさんはここで働いていたんですよね？　どうして辞めてしまったのですか？」

前に聞いたときは「いろいろあって辞めた」と言っていた気がする。そして、その〝いろいろ〟の部分がとても気になっていた。

「ああ。天音さん、そこの壁に掛かった衣紋掛けの着物を少しめくってみてください」

そう言われ、私は不思議に思いながらもはたきを置いて指さされた着物の袖を少し持ち上げるようにしてめくった。

そこには握り拳くらいの大きさの穴が壁に開いていた。

「……これ、穴？」

「ええ、彼女が開けた穴です」

「えっ」

三ヶ栄さんはやれやれと肩を落とす。

なにをしてどうやったらこんなに大きな穴を開けられるんだろうか、不思議だ。

「店の壁に穴をあけるなんてほんまありえへんわ。なにをどうやったらそんなことができるのか、僕にはまったくわからへん！　それに加えてあの人は、畳に火ぃつけて店を燃やしかけたり、水道管を破裂させたり。店を壊しかけてんで！　破壊神や！」

そのときのことを思い出して怒りがぶり返したらしく三ヶ栄さんは文机の上に置いてあった扇子でバシバシと自分の膝を叩いた。

そういえば私が初めて店に来たとき、少し掃除をしただけで三ヶ栄さんは大袈裟《おおげさ》に感動してくれたけれど、それは前のバイトさんが過激すぎたから三ヶ栄さんの感動の基準が低くなっていたんだ。今になって納得だ。

「店を壊しかける上にあの性格ですから……僕の本能が無理だと拒絶しているんです。結婚なんて以《もっ》ての外ですよ」

三ヶ栄さんはふう、と溜息をついて扇子を文机の上に戻した。

「ははは……そうですすね」

私は空笑いをする。本当にまりあさんとの結婚が嫌だったんだ、三ヶ栄さん。なんせ、黄色い薔薇の着物を送ったくらいだもんね。

「彼女のことですから、きっと着物に込めた僕の思いにも気づかないんでしょうね」

その言葉を聞いてあの反物選びのときの三ヶ栄さんの言葉を思い出し、私はクスリと笑った。まりあさんに仕立てた振り袖は、卵色から徐々に紅梅色に変わっていく地に、桃色や赤、そして黄色い薔薇がふんだんに描かれている。

『黄色い薔薇の花言葉ってご存じですか？　――黄色い薔薇の花言葉は「笑って別れましょう」です』

ザーッという雨音が聞こえて、雨が本格的に降りはじめたことに気づいた。

「早く梅雨が明けるといいですね」

目の前で柔らかい笑みを浮かべた三ヶ栄さんは、しみじみとそう言った。

「そうですね」

私も笑って応える。

来年も、また次の年も、その次の年も、梅雨の匂いがする頃になれば、きっと私は思い出す。鋭い推理ショーをしてみせた、三ヶ栄さんのきれいな横顔と、胸が高鳴った帰り道。

そして、生まれて初めて薬を盛られたこと、黄色い薔薇の花言葉も。

3　ごふくを祖母に

梅雨まっ只中《ただなか》でじめじめした日が続く、六月の終わり。

「ちょっと惣ちゃーん」

店内の商品整理をしている私の近くで、接客をしていた悦子さんが二階にいる三ヶ栄さんを大声で呼ぶ。

「はーい」と返事があって三ヶ栄さんが店とバックヤードを隔てる暖簾から顔を出した。

「あ、お久しぶりやねえ」

そして、悦子さんが対応していたお客さんに親し気に話しかける。お客さんは中年の女性で、三ヶ栄さんや悦子さんと顔見知りらしい。

「惣ちゃん、この汚れ落とせる？」

畳の上に広げられていた訪問着を指さして聞く悦子さんに、三ヶ栄さんはその汚れを覗き込んでからお客さんに向かって頷いた。

「……うん、これくらいなら僕でも落とせるわ」

「ほんまに！　工場に出さなあかんかと思うてんけど、そらよかった！」

両手を合わせて喜ぶお客さん。三ヶ栄さんは訪問着を受け取って、引き換えのときの控えにもなる伝票にさらさら書き込んで手渡す。慣れた手つきで訪問着をたたむと、乱れ箱に入れた。

「ほな、一か月くらいかかるから。できたら電話するなあ」

三ヶ栄さんの言葉に、おおきにと嬉しそうに笑って、お客さんは店を後にした。

六月に入ると、着物をクリーニングしてほしいという依頼が一気に増えた。三ヶ栄さん曰く、六月は結婚式が多いためクリーニングの依頼が増えるのだとか。

本来着物のクリーニングは一度着物を部位ごとにばらばらにしてから汚れを落とすらしい。でも手間がかかりすぎるので今ではほとんどの店がその作業を工場に頼っている。しかし、『やくふご』では昔ながらの洗い方を今でも続けている上、比較的安い値段で引き受けている。

三ヶ栄さんって本当になんでもできる。さすがだなあ、と思いながら小物の棚を拭きつつ、私は無意識に溜息を零した。

「天音さん、どうかしましたか？　今日は元気がないですね」

三ヶ栄さんに気遣わしげにそう尋ねられる。気づかないうちに心配をかけていたらしく、慌てて首を振った。

「すみません、お仕事中なのに。なんでもないんです」

私がそう言うと三ヶ栄さんは持っていた万年筆を置いて、にこりと笑った。

「少し休憩しましょうか。お茶を淹れますね、ああ、霧子さんから頂いた主原料小麦小型焼菓子アオイ科常緑樹砂糖粉乳入り練り凝固食品もあるんですよ」

「ア、アオイ科……練り？」

私は思わず心の中で大阪人ふうに「めっちゃ長いやん、なんやねんそれ」とつっこむ。

しかし、三ヶ栄さんはそんな私のツッコミを知るよしもなくつらつらと噛まずにそう言い、「座っていてくださいね」とお店の奥へ入っていった。

「つっこんだら負けやで、天音ちゃん」

私の心の中を見すかしたのか、悦子さんが床に出してあった反物を棚に入れながら冷静に言う。私は苦笑いを浮かべながら畳の上に腰を下ろした。

数分すれば、鼻孔《びこう》をくすぐるいい香りがしてきて、ほっと息を吐く。

「お待たせしました。加密列《かみつれ》の薬草茶です」

私と悦子さんにマグカップを渡した三ヶ栄さんは隣に腰を下ろした。白いカップに緑茶のような色の液体がゆらゆらと揺れている。いい香りの正体は、カモミールティーだった。

三ヶ栄さんからカップを受け取り、まず香りを楽しむ。心が落ち着くような、優しい香りに頬が緩んだ。

「加密列には緊張緩和効果がありますからね。落ち着くでしょう？　僕もよく飲むんです」

「なんちゃらティーとか苦手やけど、惣ちゃんのはおいしいわ」

悦子さんも隣でおいしそうに目を細めてカップを傾ける。

「おおきに」

三ヶ栄さんも自分用のカップを手に取り、ゆっくりとカップを揺らして香りを楽しんでいる。そして、そっと味わうようにゆっくりとカップを傾けた。

「三ヶ栄さんて紅茶やハーブティーもお好きですよね。はじめは意外でした。三ヶ栄さんは絶対的な日本茶派だと思ってましたから」

「よく言われます。ですが、西洋のよきものは取り入れる。それも、新選組副長、土方歳三さんの流儀ですからね」

相変わらずだなあ、と私は思った。

「これも食べましょうね」

そう言って、三ヶ栄さんはカモミールティーと一緒にお盆にのせて持ってきた円筒状の缶を持ちあげた。丸い眼鏡をかけたおばさんの絵が描かれているクッキー専門店の缶だ。三ヶ栄さんは缶を開けてお皿にクッキーを並べていく。並べられたのはチョコチップクッキーだった。

あの主原料小麦なんとか、というものはチョコチップクッキーのことらしい。なるほど。いただきます、とひとつ手に取り口に運ぶ。小麦とバターの香りがたまらない。優しい味にチョコレートの甘さが加わり、サクッとした食感。

「おいしい……」

頬を緩めてそう言うと、三ヶ栄さんは優しく笑った。

「天音さん、僕では力不足かもしれませんが、少しでもお力になれるのであれば僕に話してくれませんか？　なにか、あったんですか？」

瞳を覗き込むようにして、優しく問いかけてくれる。胸の奥がじんわりと温かくなった。

「……もうすぐで、祖父が亡くなって一年になるんです」

私が話しはじめると、三ヶ栄さんは神妙な顔つきで頷いた。

「それで、祖母がまだ、祖父の死から立ち直れずにいるんです。家に引きこもったままで、いつも楽しみにしていたお茶会にも行かなくなってしまって。この間会いに行ったときも、少し痩せているように見えて」

「寂しいんやろうな、おばあちゃん」

悦子さんが目を細めて寂しそうに言う。悦子さんも旦那さんを早くに亡くしたのだと聞いている。おばあちゃんの気持ちがよくわかるのだろう。

痩せたおばあちゃんを見たらこのまま倒れちゃうんじゃないかとすごく心配で、大好きなおばあちゃんがどんどんと弱っていく姿を見ると、とても心が痛んだ。

「天音ちゃんが会いにいってあげたらどない？」

悦子さんが私の顔を覗き込んだ。

「できるだけそうしたいんですけど、昨日の晩、両親がホームに入れようかどうかと話しあっていたのを聞いてしまって……」

ひとり暮らしだから心配だということだったが、私はおばあちゃんがホームに入ることがよいことだとは思っていない。どこにいても会いにいくことはできるけど、それでなにが解決できるというわけでもない気がする。かといって、私は家で一緒に暮らそうと両親にも言い出せずにいた。

正直、どうしたらいいのかわからない。俯いていると、ポンと頭を撫でられるような感覚と共に、三ヶ栄さんの声が聞こえた。

「心配やったなあ、天音さん。そら誰だっておばあちゃんのこと気になるで。優しい天音さんのことやから、ほんまにつらかったんとちゃう？」

目を細めて、幼子に言い聞かせるように優しく問い、三ヶ栄さんは私の頭を撫でる。

その大きな掌の温かさに、ついつい涙腺が緩んでしまった。

「優しくなんか、ないです。だって、私がどうこうしたところで、なにも……なにも変わらないんですから」

私が鼻をすする音が静かな店内に響くように聞こえた。すると突然、三ヶ栄さんはパチンと手を叩いた。

「要するに、天音さんのおばあちゃんが元気になればええんやんな？」

明るい声色でそう言った三ヶ栄さんに、私は小首を傾げた。

「でも、いったいどうやって？」

「そうですね……贈り物作戦、とでも名づけましょうか」

三ヶ栄さんは立ちあがって、反物が置いてある棚に歩み寄ると、その中のひとつを選び取り、小脇に抱えた。そして振り返り、不敵に笑う。

「天音さん、僕と一緒に和裁しませんか？」

「和裁、ですか？」

「そうです。お祖母様に、お茶会に着ていく着物を仕立てて、贈るんです」

「む、無理ですよ、私なんかに……」

「もちろん、僕も手伝いますよ。天音さんからの贈り物なら、きっとお祖母様も喜んでくれるはずです。よし、明日から客入りの少ない時間帯に少しずつ作業しましょうか！」

「ええ！」

三ヶ栄さんは、戸惑う私とは正反対にノリノリだった。

＊＊＊

翌日、日曜日の営業時間が終わると三ヶ栄さんの和裁個人レッスンははじまった。

「着物を仕立てるにあたって、まずはその構造を覚えておきましょう」

三ヶ栄さんはその長い指にチョークを持って、黒板にきれいな字をスラスラと書いていく。私はふむふむと頷きながら、その板書をノートに書き込んでいく。ここは『やくふご』二階の書道兼そろばん教室。着物についてレクチャーを受けているまっ最中だ。

「女性の着物を例にして、特徴を覚えましょう。着物が左右対称の衣装であるのは、ご存じのとおりです。女性が掌を広げてふたつ並べたくらいの幅の細長い布、反物からつくられます。部位は、襟、袖、身頃、おくみに大別されますね」

襟、袖、身頃、おくみ……っと。ノートに書き込んで、言葉に出して反復した。

「仕立ての方法は大きく分けて『袷《あわせ》仕立て』と『単衣《ひとえ》仕立て』があります。簡単に言うと、秋・冬・春用と、夏用ですね」

さらさらっと黒板に、着物の絵が描かれていく。驚いたことに、三ヶ栄さんは絵までうまい。本当になんでもできる人だ。

「袷と、単衣……」

「単衣仕立てのものは、裏地を使わない着物で、透け感のある反物を使ったものが多いため、『居敷《いしき》当て』という別の布を取りつけることがあります。生地の強化と透け防止になります。これですね」

三ヶ栄さんがチョークを置いて、手についた粉をパンパンッとはらった。そして、机の上に置いていた着物をゆっくりと広げて、その『敷居当て』の部分を指さした。

「対して袷仕立ての着物は表地に裏地を縫いあわせたものです。だいたい十月から五月が着用期間ですね。今回は夏に完成するので、単衣仕立てにしましょう！」

三ヶ栄さんはぐっと拳を握って、微笑みを浮かべる。聞き漏らすまいと一語一句丁寧にノートに書き込み、イラストもできるだけ丁寧に描き写した。

「じゃあ、今日はこの辺にして明日はお茶会での基本的な着物の礼儀作法の勉強と、そして反物を選びましょうか！」

＊＊＊

私がおばあちゃんに贈る着物を仕立てはじめて、二週間が経った。いつの間にか梅雨も明けてミーン、ミーンと蟬《せみ》の声がよく聞こえる。

選んだ反物を型紙にそって裁断したり、アイロンをあてたりする作業が思った以上に大変だったが、やっと各々のパーツがつながり、着物らしい形が見えはじめた。やっと形になってきたことがうれしくて、家でも時間があれば作業を進めていた。

「ありがとうございました」

今日最後のお客さんをお店の外まで見送って、深く頭をさげた。

「ああ、もう八時ですね。天音さん、暖簾を片しましょうか」

店先に出てきた三ヶ栄さんはそう言い、暖簾に手をかけた。私は頷いて、暖簾を中にしまうのを手伝った。夜風がふわりと吹いて、私の前髪を揺らした。

「もうだいぶ蒸し暑くなりましたね」

「そ、そうですね」

店の中に戻り暖簾を置いてから、私はいそいそと前髪を手櫛《てぐし》で整えた。不思議そうな顔をしている三ヶ栄さんに、私は少し頬を赤くして口を開いた。

「えっと……少しでも、作業を進めたくって……寝る前に少しだけと思ってしていたら、私、集中するとなにも見えなくなるらしくって。夜更《よふ》かしが続いているんです」

少し早口で言い切って、私は前髪をちょいちょいと引っ張った。三ヶ栄さんはすべて察したように頷いた。

「女性の寝不足は吹き出物に直結しますからね。作業はゆっくりでも全然大丈夫ですから、しっかり睡眠をとってくださいね」

「……はい」

にこりと微笑まれると、恥ずかしさが増した。三ヶ栄さんはそうだ、と手を打った。

「天音さん。今週末は三連休ですが、なにかご予定はありますか？」

私は、少し考えてから「たぶんなにもなかったと思います」と答えた。

「僕と一緒に、石切《いしきり》さんに行きませんか？」

「石切さん……？　えっと、お宅にお届け物ですか？」

首を傾げてそう聞くと、三ヶ栄さんはクスクスと笑った。

「ちゃうちゃう。石切さんは、神社。生駒山《いこまやま》の麓にある、石切劔箭《つるぎや》神社のことやで」

あ、これが世に言う〝大阪人のさん・ちゃんづけ〟か！　大阪の人はよく名詞のあとに『さん』『ちゃん』をつけるという。『飴《あめ》ちゃん』とか、『おあげさん』とか。神社にもつけるんだなあ、と私は感心してしまう。

「石切さんは吹き出物の神さんがおるからなあ、吹き出物でこまってる天音さんにはぴったりやわ。連れてったるし、ちゃんと神様にお祈りして、治してもらいや」

恥ずかしさで絶句していると、三ヶ栄さんはおかしそうにクスクスと笑った。久しぶりに現れたドS三ヶ栄さん。その威力は相変わらず、クラクラするほど強烈だった。

＊＊＊

「快晴やね。絶好の参拝日和やわ」

「そうですね」

三連休の最終日、三ヶ栄さんの運転する車で私たちは『石切さん』へと向かっていた。

カーラジオからは、かすかな音量ではやりの曲が流れていた。

三ヶ栄さんはというと、絽《ろ》織《お》りで亀甲《きっこう》柄の藍色の着物に、灰色の帯を合わせた、夏らしい涼しげな格好。相変わらずよく似あう和服姿に、頬が熱くなる。

三ヶ栄さん曰く、人の集まるところこそ商売繁盛のカギがあるらしい。『やくふご』の着物を着ていくことで、歩くCMとなっているのだという。ハンドルを切りながら、三ヶ栄さんは口を開いた。

「眠っててもええよ。着いたら起こしたるし」

どうやら、雑談しながらあくびを噛み殺していたことに気づかれたらしく、三ヶ栄さんはクスリと笑ってそう言った。私は慌てて首を振った。

「い、いいえ。大丈夫です！　昨日も、ちゃんと五時間は眠りました」

「天音さん、また頑張って着物縫ってたんやろ。でもな、六時間以下の睡眠は徹夜と同じなんやで」

「え、そうなんですか」

知らなかった、と呟けば三ヶ栄さんは微笑んだ。そして、ラジオの音量をさらにさげた。


「天音さん、天音さん。着いたで」

肩を揺すられるような感覚に、はっと目が覚めた。目の前には、満面の笑みを浮かべた三ヶ栄さんの顔があった。

「わっ！　……っ痛！」

とっさに距離をとろうとして身を引くも私は助手席に座っているわけで、退った拍子に、サイドウィンドウで肘を強打した。

不意の痛みに悶《もだ》えていると、三ヶ栄さんが慌てて離れた。そして申し訳なさそうに眉をさげて私をうかがうようにして見た。

「堪忍、驚かすつもりはまったくなかってんけど……僕、そんなに怖い顔してたん？」

「い、いえ！　ただ、私がビックリしただけなので！　ごめんなさい！」

少し頰を引きつらせて首を振った。

さすがに「あなたの顔が近くにあって、恥ずかしかったから飛び退いたのです」なんて言えるわけがない。なんだか、私ばかりが意識しているような気がしてくやしい。

「肘、なんともない？」

「あ、はい」

よかった、と三ヶ栄さんは微笑むとドアの鍵を開けた。

「よし、ほな行こか」

ドアを開けて外に出れば、ムワッと暑い空気が肌にまとわりついた。

「暑いですねぇ」

「もう盛夏やからなあ」

そう言いつつも、爽やかに和服を着こなし涼しげに笑う三ヶ栄さん、本当に尊敬する。

私たちは駐車場を出て、数段の小さな階段をのぼった。すると緑色の屋根が見えてきた。門のようで、その両側には石像がある。

「大きな建物。なんだかアニメに出てきそう」

「ああたしかに。ここは『絵馬殿』言うて、石切さんの入り口やな。ああ、そうや。天音さん、屋根の上を見てみ」

屋根の上？　不思議に思いながら、屋根の上が見える位置へと移動して見あげてみた。

黄色の剣のようなものが、天に向かってまっすぐに飾られていた。

「剣と矢や。神話に出てくる『布都御魂劔《ふつのみたまのつるぎ》』と『天羽々矢《あめのはばや》』をあらわしているらしいで。観光に来た人でも、あまり気づかへんみたいでな。実際、毎年来てる僕でさえ高校二年生まではあれの存在に気づかへんかったし」

ふふ、と笑いながらそう言う三ヶ栄さん。たしかに注意深く見ないと気づかないだろう。

屋根の上から生えているように置かれたようなそのオブジェは、空に向かって突き出し、金色に輝いていた。

その絵馬殿の隣には、青銅色の親子の牛の像が立っていて、数人の観光客がその像の前で記念撮影をしていた。

絵馬殿を抜けてほんの少し歩くと、目の前には石切神社の鳥居が見えてくる。鳥居越しによく見れば、たくさんの人がなにかを手にしながらその鳥居の前から拝殿のほうへと行ったり来たりを繰り返していた。

「あの、三ヶ栄さん。あの人たちは……」

「あの人たちは、お百度参りをしてる人たちやで。石切さん名物やな。参道に『百度石』っていう石が二つ置かれとって、その間を百回行ったり来たりするねん。『お百度紐』っていう紐を百本使って数えるんやで」

三ヶ栄さんの言うとおり、白い紐の束を持った人たちがぐるぐると行ったり来たりを繰り返している。私はその光景はもちろんだが、お百度参りをする歩く速さに圧倒された。さすが関西。巻き込まれたら、戻ることができなそうなほどに猛スピード、早歩きだ。

「ほんじゃ、参らせてもらおか」

私は三之鳥居と呼ばれる大きな鳥居の手前に立つと、三ヶ栄さんと共に一礼してから参道の端に寄って鳥居をくぐった。

手水舎《ちょうずや》で手を清め、ゆっくりとした足取りで参道を歩いた。本殿の少し手前には、大きな御神木《ごしんぼく》がある。

「立派な御神木ですね。すごいです」

私は迫力ある太い幹を見た。

「樹齢約五百年の楠やで。戦国か安土桃山《あづちももやま》時代から生きてることになるな。ちなみに、東《ひがし》大阪市《おおさかし》の天然記念物に指定されてるねんで」

三ヶ栄さんの説明を聞きながら大きな御神木を見あげつつ、歩みを進める。

狛犬の間を通ればいよいよ本殿だ。

階段をのぼり、賽銭箱《さいせんばこ》の前に立つ。賽銭を入れ、ガラガラと鈴を鳴らし、二拝二拍手一拝。願うはもちろん〝吹き出物完治〟だ。参拝を終えると、私と三ヶ栄さんは並んで神前から離れた。

「天音さんはなにをお願いしたん？」

「き、聞かないでください……！」

三ヶ栄さんのいじわるな問いかけにそっぽを向くと、くすくすと笑う三ヶ栄さんの笑い声が聞こえた。

「よし、ほな次行こか」

三ヶ栄さんは本殿の横にある授与所の前を通り抜けていく。私もそのあとについていくと、少し急な坂道があった。そこをのぼると、たくさんの木々が生い茂った庭園に出た。

辺りを見まわすと、奥のほうにある柵越しになにか動くものが見えた。

馬だ！　賢そうな顔立ちの白馬がゆったりと歩いている。

「天音さん、ついてるなあ。御神馬《ごしんめ》、僕がいつも来るときは外出てへんのに」

「ごしんめ……？」

「神に馬って書くんやで。石切さんにはこのお馬さんも祀られてるんや。御神馬のいる神社はなかなか珍しいよな」

へえ、と白い馬を見ていたら私はあることに気がついた。

「……そういえば三ヶ栄さん、今日はずっと大阪弁ですね」

「こっちのほうが楽でええんよ」

三ヶ栄さんがにっこり笑いかける。

その後も三ヶ栄さんはたくさんの朱い鳥居が並ぶ『穂積神霊社』や、一生に一度の願い事を叶えてくれるという『一願成就尊』など、神社内を案内してくれた。

すっかり観光ガイドになった三ヶ栄さんの話は、わかりやすくて面白い。歴史が苦手な私でもうんうんと頷きながら聞いた。

一願成就尊の先にある授与所の前を通り過ぎると、まだ真新しそうな木でできた境内社の前へ来た。

「ここは摂末社で『乾明神社』っていうねん。『應壅乾幸護彦《おうよういぬいこうごのみこと》』って神様を祀ってて、その神様はこの地方の庄屋やった乾市良兵衛《いぬいしらべえ》ゆう人ってされてるな」

三ヶ栄さんは本当にガイドさんのように詳しい。

「人情に篤《あつ》くって、江戸時代の中頃に飢饉《ききん》と重税に苦しんでた人らのために将軍に直談判したんや。極刑に処されて、その後に、丁重に祀られたとされてる」

「す、すごい方ですね……直談判」

「そやな、やったことはむっちゃ無謀やけど、えらい賢い人やったらしいで。だから、知恵と学問の神様や」

　ほおお、と頷きながら、中の様子をうかがった。小さな個室のようになっていて、手前には賽銭箱と鈴がある。

　私は賽銭を投じ鈴を鳴らし二礼して、拍手《かしわで》を打つ。成績があがりますように、とお願いした。

「そういえば、三ヶ栄さんはどこの大学に行っているんですか？」

　こんなに歴史に詳しい三ヶ栄さんのことが気になった。

「僕？　僕は大阪の大学やで。オトンがあんなんやし、店もほっとかれへんから近くてそこそこええところ受けるために、必死で勉強したわ」

　昔を懐かしむように、ふふと笑った三ヶ栄さん。

「ちなみに、学部は？」

「文学部哲学歴史学科やで」

　とびきりの笑顔だ。私は愚問だったかな、と苦笑いを浮かべて頷いた。すると三ヶ栄さんは巾着袋からスマートフォンを取り出して、ちらりと時間を見た。そういえば、三ヶ栄さんがスマートフォンを触っている姿を初めて見たかもしれない。

「ああ、ちょうど昼時やわ。天音さん、神社を出てすぐに石切商店街があるし、そこでお昼にせえへん？」

「は、はい。それにしても、驚きました。三ヶ栄さんって、スマートフォンなんですね」

「よき文化は取り入れる、やで」

三ヶ栄さんはにやりと笑う。ああ、これはたしか〝土方歳三さんの流儀〟だったか。

「言うても、恥ずかしながらぽちぽちと一本指打ちやわ」

「あ、一緒です。両手で打てる人、すごいですよね」

くすくすとふたりして笑いながら、石切さんを後にした。


三ヶ栄さんの案内で、神社の参道にあたる商店街店で昼食をとることにした。商店街の入り口には、『石切参道商店街振興組合』と書かれたプレートと、『ちょっとよりみち 石切参道商店街』と書かれた横断幕が掲げられていて、石切さんのほうから駅に向かって緩やかな上り坂になっている。

「着いた着いた。ここやで」

三ヶ栄さんの指さす先を見ると、入り口に長い暖簾がかかった、小さい定食屋があった。入り口の右横には『本日のおすすめ定食』と書かれたボードとその食品サンプルがテーブルの上に置かれていた。左横には石切参道商店街公式キャラクターの『いしきりん』の石像と、大きな招き猫の置物。

「おばちゃん、こんにちは」

暖簾をくぐりながらそう声をかけた三ヶ栄さんに続いて、私も中に入った。

「お兄ちゃん！　また来てくれたん？　おばちゃん嬉しいわあ。ほら、座りい、座りい！」

店の奥から、背が低くぽっちゃりした六十代後半くらいの女性が現れた。髪の毛をお団子にして簪をさし、割烹着《かっぽうぎ》を着ている。にこりと笑ったときに目尻にしわが寄る、かわいらしい雰囲気のおばさんだ。そのおばさんは三ヶ栄さんの隣にいた私に気づくと、にまっとさらに大きく笑った。

「まあ、まあ！　ガールフレンド連れてきたん！　先言《ゆ》いーな！　なんや水臭いなあ！」

「ちゃうちゃう、うちのお店の子やって」

「ど、どうも」

私は小さく会釈した。

「なんや、えらいいい子つかまえたなあ！　ほら、お嬢ちゃんも早よ座りぃ！」

おばさんはニコニコと嬉しそうに笑う。私と三ヶ栄さんはぐいぐいと背を押され、四人席に案内される。

私と三ヶ栄さんは向かいあわせに座った。

「お嬢ちゃん、なににする？　お兄ちゃんは、いつものやな」

「え？　あ、えっと。じゃあ、本日のおす……」

「本日のおすすめ定食やな！　あんたー、注文入ったで！　トンテキに、おすすめや！」

私が言い終わらないうちに店の厨房《ちゅうぼう》で働いているであろう人に、そう叫んだ。な、なんて豪快な人なんだろう。

三ヶ栄さんはその光景を微笑ましそうに眺めていた。

そして、おばさんはお冷《ひや》を持ってきて私たちの前に置くと、ごく自然な流れで三ヶ栄さんの隣の空いた席に座った。三ヶ栄さんもなんでもない様子でニコニコと笑っている。

「いやあ、それにしても毎度毎度おおきに！　『やくふご』さんに親子で贔屓《ひいき》にしてもらってるからか、まだ店も潰れへんわ」

「そんなんゆうたかて、まだまだ繁盛してるやん。それにしても、オトンも来てたんや」

「こないだも来てくれはったで。次はスペイン言うとったわ」

ドバイにスペイン……店長、相変わらず元気そうです。三ヶ栄さんは露骨に顔を顰め、はあ、と大袈裟に溜息をついた。

「あのアホ親父、僕が大学生なってからは海外旅行ばっかり行きよる。ちょっと前までは僕を日本中の社寺仏閣に引っ張りまわしては『日本は美しいやろ、惣七！』ってはしゃいでたくせに」

それを聞いて、三ヶ栄さんが歴史が大好きになったルーツがわかった気がした。せやったなあ、とおばさんは笑う。

「いつか、『やくふご』の支店を海外につくるとか言い出しそうやわ。そうなると、天音さんに行ってもらわんとあかんなるし」

「わ、私ですか」

「ま、冗談やけど。支店は反対や。ましてや海外へなんて以ての外。うちの店だってちゃんと管理でけへん人が支店なんて絶対無理や」

さらっと流した三ヶ栄さんだけれど、私はかなり動揺した。真面目な顔で言うものだから少し本気にしてしまった。驚かさないでほしい……。

「はい、お待ち」

ほどなくして黒いシャツに白いエプロンをを腰に巻いた、少し素っ気ない男性が私たちのテーブルにお盆を置いた。

私の目の前には本日のおすすめ生姜《しょうが》焼き定食。

できたての生姜焼きと添えられた大量のキャベツの千切り。ひじきの煮物とワカメと豆腐の味噌《みそ》汁《しる》と、お漬物。どれも白いご飯が進みそうで、とてもおいしそう。

「すごくおいしそうです！」

三ヶ栄さんのほうは、トンテキ定食。こちらもまた、ふんわりと香る香ばしい匂いでお腹がキュルルとなった。いただきますと言おうとすると、先程運んできてくれた男性がもう一度私たちのテーブルにやってきて唐揚げののったお皿をコトンと置いた。

注文まちがいかと思って戸惑っていると、三ヶ栄さんはにっこりとしながら首を振った。

「兄《あん》ちゃん、ガールフレンド大事にしいや」

男性は振り返らずにそう言って、ひらひらと手を振りながら厨房へと戻っていった。

「堪忍な。うちの旦那、照れ屋やから。それ、サービスやから」

おばさんの言葉に私は、あはは と笑いながらさらっと流す。三ヶ栄さんも、「いつもおおきに」なんて返事をしていた。

大阪の人たちは心が広いなあと感動する。なんだか、ここへ来てから驚いてばかりだと思いながら私はいただきます、と手を合わせてから生姜焼きに箸を伸ばした。

「お、おいしいです！」

「そら、おおきにー！　いっぱい食べてや、お嬢ちゃん」

おばさんににこりと微笑まれて、私も大きく頷いた。私も三ヶ栄さんもお腹がすいていたからか、ペロリと平らげた。

「おばちゃん、ご馳走《ちそう》さんでした。また来るから」

「待ってるで！　はい、ふたりとも、飴ちゃん」

三ヶ栄さんはスマートにふたり分のお代も払ってくれて、私は凝縮してしまった。おばちゃんはそんな私たちを見ながらまたあはは、と笑う。

手渡されたのは棒つきキャンディだ。

「また来てなあ」

外まで見送られ、私たちは小さく手を振りながら店を後にした。

「三ヶ栄さん、お代払ってもらってすいません」

「ええって、僕が連れだしたことやし。おおきに、って言うてくれるほうがええわ」

にこりと笑ってそう言った。やっぱり三ヶ栄さんは優しい、紳士だ。

「お、おおきに……？」

私は首を傾げながら照れを隠すようにそう言ってみた。すると三ヶ栄さんは、ものすごい速さで片手で口元を覆い、さっと目を閉じた。

「え、え？　三ヶ栄さん？」

なにか変なこと言ったかな？

「天音さん」

「はい……？」

目を閉じたまま、三ヶ栄さんはふぅと息を吐いた。その様子を不思議に思って見つめていると三ヶ栄さんはもう片方の手を軽くあげた。なにかをストップさせるときのように。

「天音さん。天音さんのその素直さは時に凶器になるで」

三ヶ栄さんはそう言って、ひとりうんうんと頷く。少しだけ耳が赤い気がした。私はその言葉の意味がよくわからなかったが、とりあえず頷いた。

「さあ、行きましょうか」

人と、お店が集まった賑《にぎ》やかな坂道をふたりで歩く。ほんのりと香るお漬物の匂いや、出店の食べ物の匂いに私は目を細める。飲食店だけではない。ここには雑貨屋、おもちゃ屋に服屋まで揃《そろ》っていた。歩くだけで楽しい気分になる。外国の観光客とも時折すれちがう。

本当に賑やかだ。お店の人たちは皆親しげな表情で迎えてくれる。

私は、今日一日で、この場所がすごく好きになってしまった。

＊＊＊

「つ、ついにできました！」

歓喜に震える声でそう言って、私は三ヶ栄さんの顔を見あげる。そして立ちあがり、ばさりと完成した着物を広げた。

「おめでとうございます、天音さん。お疲れ様でした」

ふたりで石切さんに行って三週間後のこと。三ヶ栄さんは、目を弓なりに細めてふわりと笑った。

和裁をはじめて、もうひと月近く経つ。猛暑が続く八月に入り、学校も夏期講習が終わって夏休みまっ只中だ。

『やくふご』の店頭に置いてある反物の柄は秋冬を感じるものが増えた。

できあがった着物を桐箱に収めると、三ヶ栄さんは日本茶を淹れてくれた。

それをひと口飲んでふう、と大きく息を吐くと私は苦笑いを浮かべた。

「長い道のりでした」

和裁は思っていたより大変だった。しょっちゅう針で指を刺してしまって、手が絆創膏だらけになった。着物の複雑な構造や、終わりが見えず縫い続ける作業には何度心が折れそうになったことか。しかし、そのたびに三ヶ栄さんは優しく丁寧に教えてくれた。悦子さんも手伝ってくれたり、休憩のお茶を淹れてくれたりもした。

「初めてにしてはとても順調に進んでいましたよ。どうしても間に合わない場合は、箱型電自動裁縫機を使うことも考えていたのですが、いらぬ心配でしたね」

箱型電自動裁縫機……ミシンだよね。

「三ヶ栄さんもミシンを使ったりするんですね」

「はい。やむを得ない場合だけですが。やっぱり、手縫いのほうが品質がいいものができますよ。それに、着る人のことを考える時間も長くなります」

「たしかに、縫っているときはおばあちゃんのことを考えていました」

おばあちゃん、元気になったらいいな。元気になってほしいな。そう思いながら、針を必死に動かした。

「さっそく今週末にでも、届けに行ってきます」

「ええ、ぜひともそうしてあげてください。そうだ、僕でよろしければ車で送迎しますよ。京都に住んでいらっしゃるんですよね。どの辺りですか？」

「そんな、これ以上お世話になるわけには……」

ありがたい申し入れだけれど慌てて断った。これ以上お世話になるわけにはいかない。

「ほんなら、僕も久しぶりに京都に住んでる友達に会《お》うたくなったし、ついでに天音さんも送ったるわ」

ふふふ、と笑った三ヶ栄さん。本当にサラッとそういうことを言えるなんて、三ヶ栄さんは相変わらずスマートだ。

＊＊＊

そして次の土曜日、昼過ぎ。

「息子から緊急事態やって連絡がきたから、飛んで帰ってきてみたら、ただの店番かい！しかもデートしたいから店番しとけってか！」

『やくふご』の入り口でキャリーバッグを片手に、くすんだ黄色と紫の縞模様の着物を身に纏った店長は鼻息荒くそう言った。今日は午後から悦子さんも用事があると言うし、三ヶ栄さんにおばあちゃんの家へ送ってもらうとなると、店番は誰がするのかと気になっていたけれど、まさか店長を呼び戻すなんて。

「いつも僕らを振りまわしてる人が、そんな口きけたもんじゃないで。ね、天音さん。ほな、よろしく。夕方には帰ってくるし。てか、あんたの店やねんからしっかり店番しといてや。あ、悦子さんはこれから用があるんやから引き止めたらあかんで！」

三ヶ栄さんがにこりと店長に笑いかければ、店長は不満げな表情で睨む。冷めた目でふたりの喧嘩を見ている悦子さんは「またしょうもない喧嘩して」とあきれたように呟いた。

「どこ行くつもりやねん」

ふてくされぎみの店長が聞く。

「下鴨《しもがも》や」

「……夕方まではここにおったる。でも、夜の便でフランス行くからな」

三ヶ栄さんの答えにふん、と鼻を鳴らした店長は、ずかずか店の中に入っていき、どかっと畳の小上がりに座った。

「よし、行こう。天音さん」

「は、はい。すいません、店長。よろしくお願いします」

お怒りモードの店長に私は深々と頭をさげた。

「ええよええよ。楽しんどいでな、天音さん」

にこお、と笑った店長は扇子でパタパタと仰ぎながらそう言った。

「しっかり店番してといてや。あ、それと、社用車使わせてもらうから」

三ヶ栄さんは社用車のキーを店長に見せる。すると、店長はがばっと立ちあがり、目にも留まらぬ速さでそれを奪い取った。

「なんやと⁉　あかん、許さへん！　デートで社用車なんて使わせへんで！　惣七、お前は乳繰りあってんと早う帰ってこいっ」

そうまくしたてる店長を前にして三ヶ栄さんは、深い溜息をついていた。そして申し訳なさそうに私を見る。

「天音さん、ごめんな……電車で行こか」

「は、はい。私は全然かまわないです」

「なんやねん、あのタヌキ親父」

駅へ向かう途中、三ヶ栄さんは不服そうにそう呟きながらおばあちゃんの着物の入った紙袋を大切そうに抱え直した。

すっかりオフモードらしく、三ヶ栄さんは大阪弁だ。三ヶ栄さんの大阪弁も、最近になってやっと聞き慣れてきた。

私は天満橋駅から京阪本線を使って出町柳《でまちやなぎ》駅まで行き、そこからは徒歩でおばあちゃんの家に向かいましょう、と三ヶ栄さんに提案した。出町柳駅は鴨川がY字に分岐するところにある駅だ。三ヶ栄さんもこの駅から近いところに住んでいる友達に会いにいくらしい。

「あの人、ほんまにどんだけ自由人やねん。ほんまごめんな、天音さん」

「あ、あはは……大丈夫です」

やれやれと頭を掻きながら申し訳なさそうにこちらをうかがう三ヶ栄さんに私は苦笑いを浮かべて肩をすくめた。

「そういえば、天音さんは友達と梅田とか行かんの？」

三ヶ栄さんは気を取り直したように世間話をはじめる。

「あ、梅田は行きます。でも学校の最寄りがＪＲの駅なので、使うのはＪＲ大阪駅です」

考えてみれば、京阪本線で天満橋駅より先へはまだ行ったことがなかった。いつか三ヶ栄さんと行きたいなあ、なんて自然に考えている自分に気がつき、一気に顔に熱が集まった。

「ああ、なるほどなあ。あそこらへんややこしいやろ。梅田やのになんで大阪駅やねんって思わん？」

三ヶ栄さんがそんなことを言っているが、恥ずかしさでまともに返事ができているのかよくわからない。

そして特急電車に揺られること約一時間。三ヶ栄さんとたわいもない会話をしているうちに、電車は出町柳駅のホームに入り、ゆっくりと停車する。

扉が開き、私たちは電車をおりる。

「おばあちゃんの家はこっから近くやったっけ？」

「あ、はい。そうです。十五分くらい歩いたところで」

「あ、ほんなら下鴨神社の近くなん？」

興味津々にそう聞き返す三ヶ栄さんに、申し訳ないと思いつつ「反対方向です」と答える。

「それでも神社のそばはええなあ。神様のご加護があるし、安全やわ」

安全なのかどうかは微妙なところだけれど、たしかに神様に見守られていると思えば、不思議と不安要素もなくなるのかもしれない。それに、神様の前で悪いことをする気にもならないだろうし。

「たしかにそうですね」と笑って答えながら、改札をくぐった。

川端《かわばた》通りをしばらく進み、右へ曲がって今出川《いまでがわ》通りから細い路地に入った。歩くこと約十五分。よく見慣れた、石の塀が見えてきた。

「あの家です」

「立派なお家やな。お祖母様は今はひとりで住んでるん？」

「はい。前までは家の離れで書道教室をしていたので、賑やかでしたよ。でも、今は……」

私が言葉を濁すと、三ヶ栄さんはいつもよりも低い声で「そっか」とだけ呟いた。

角を曲がれば、冠木門《かぶきもん》とおばあちゃんが書いた『神谷』の表札が見えた。

「ここです」

そう言って門の引き戸を開けると、ちょうど玄関の扉が開いた。

「あっ、天音ちゃんやん！　こんにちは～」

おばあちゃんの隣の家に住んでいる、明美《あけみ》さんだ。明美さんはひとりで住むおばあちゃんを心配して、よく家を訪れてはいろいろと家事をしてくれて、とてもお世話になっている。明美さんの陰には、息子で小学校二年生の太一《たいち》くんも立っていた。

「こんにちは、明美さん。太一くんも、こんにちは」

目線を合わせてそう言うと、太一くんはプイッと顔を背けて勢いよく門を抜け、走り去ってしまった。

「ごめんな、あの子はほんまに」

明美さんは溜息を零すと、太一くんが走り去っていったほうを見ながら「アホな子やわ」と呟いた。そして三ヶ栄さんにちらりと目をやる。

「お隣の着物を着た方は彼氏さんなん？　いやあ、天音ちゃんもそんな歳なんか」

しみじみとそう言った明美さんに私は目を見開いた。

「え？　あ、その……えっと」

私がしどろもどろしていると、隣の三ヶ栄さんはにこりと笑った。

「こんにちは、三ヶ栄惣七です」

尻上がりの発音を聞いた明美さんは意外そうに目を見開く。

「なんや、関西の人なん？　えらいかっこええ人やし、着物もおしゃれに着こなしてはるし、東京のモデルさんかと思うたわ」

楽しげに笑った明美さんに私はなんと返していいのかしどろもどろになる。三ヶ栄さんに助けを求めようと目をやるも、いつもの紳士的な笑顔を浮かべているだけ。たしかにモデルさんみたいだ。

私がなにも言えずに迷っていると、明美さんは「あ」となにかを思い出したように声をあげた。

そして眉をひそめると、少し声のトーンを落として、ひそひそ話をするときのように手を丸めた。

「じつはここひと月前くらいから、幸子《さちこ》さんの様子が変やねん」

　幸子というのはおばあちゃんの名前だ。

「様子が変……ですか？」

　私が聞き返すと明美さんは神妙な顔つきでひとつ頷いた。私が最後におばあちゃんに会ったのも、ちょうどひと月くらい前だ。そのときは元気がなかったけど……。変とはいったいどういうことだろう。

「お母さん！　遅いし！　早く！」

　隣の家の門から、太一くんが仏頂面で明美さんを呼んだ。

「あっ、ごめんな天音ちゃん。今日は、これから太一と水族館行くから」

　明美さんはもお、と言いながら門を出る。

「こちらこそ、引き止めてしまってすみません」

「あははっ！　引き止めたんはこっちやから！」

　恐縮する私に豪快に笑いながら、明美さんは手を振りながら「彼氏さんもまたゆっくりなー」と言いながら隣の家に入っていった。私はその後ろ姿を見送った。

「様子が変って、どういうことなんやろ」

　三ヶ栄さんが口を開く。

「とりあえず、会って話をしてみないと、ですね。三ヶ栄さん、ここまで送ってくださってすみません。ありがとうございます」

「ええよええよ。着物は重いし。僕が車で送れればよかったんやけど、こっちこそごめんやで」

これから三ヶ栄さんは、ここから歩いて行ける距離のところに住んでいる友達の家に向かう。

「ほんなら、また帰りに連絡してな。遅くなっても遠慮したあかんで。観光地やし女の子ひとりで帰るのは、危ないからな」

「はい」

相変わらずスマートな対応に心から感謝しつつ、頷いておばあちゃんの着物の入った袋を受け取った。そのとき、パリンッとなにかが割れる音が家の中から聞こえ、私ははっと顔を向けた。私よりも三ヶ栄さんの動きのほうが早かった。

「中で倒れてんのかもしれへん！　お邪魔するで、天音さん！」

「は、はい！」

早口で言った三ヶ栄さんが、飛び込むようにして門をくぐり走り出したのを急いで追いかけた。玄関に手をかけた三ヶ栄さん。私は慌ててカバンから家の鍵を探そうとしたけれど、その必要はなかった。玄関の鍵は開いていた。

三ヶ栄さんは真顔になって、玄関に入り「大丈夫ですか？」と声を出す。すると、台所のほうからガチャガチャと音が聞こえ、私たちは顔を見あわせた。

履いていた靴を脱ごうとしたそのとき。

「あら、天音ちゃん！　びっくりやわあ、泥棒かと思うた！」

「お、お、おばあちゃん！」

玄関から入ってすぐ左手にある台所から出てきたのは、目を丸くしたおばあちゃん。その手にはほうきとちりとりを持っていた。おばあちゃんは目尻にしわを寄せてにこりと笑った。

「来るんやったら前もって言ってくれたらええのに。天音ちゃんの好きな唐揚げ、つくってへんで」

おばあちゃんはそう言って笑うと、隣に立っていた三ヶ栄さんを不思議そうな顔をして見た。

「こちらさんは、天音ちゃんの彼氏さん？」

「初めまして、三ヶ栄惣七です。天音さんのお祖母様ですね」

「ご丁寧にどうも。初めまして、神谷幸子です。天音ちゃんのおばあちゃんです。素敵なお着物ね」

お茶目に笑ってそう言ったおばあちゃん。私はただただ、驚きで目を丸くし、口をあんぐり開けていた。

「お、おばあちゃん。いったいどうしたの？　そんなに急に」

元気になって、と続けようとしたが口を閉じた。

「変な天音ちゃんやなあ。ほら、はやく居間行って休んどき。惣七くんも遠慮せんと」

「ありがとうございます。これ、よろしければ」

にこりと笑った三ヶ栄さんは、来る途中で買っていたお菓子をおばあちゃんに渡した。

おばあちゃんは「おおきに」と笑ってほうきとちりとりを置いて受け取った。たぶんこれから会う友達に買ったものだが、その対応はさすがだ。あとでお礼をしないとと思う。

「あ、おばあちゃんさっき、なにか割れる音がしたんだけど」

「ああ、誠さんのお気に入りの湯呑み、割ってしもうたんよ。似たようなん、また探さなあかんなあ」

そう言って、おばあちゃんはスタスタと台所へ戻っていった。

「いったい、どういう……」

とりあえず三ヶ栄さんと一緒に居間に行き、ちゃぶ台に向かいあって座ると、私は眉をひそめながら呟いた。

「天音さんのおばあちゃん、前からあんな感じ……ではないよな。元気なかったんやんな？」

「は、はい。ひと月前に会ったときは本当に、部屋の外に出るのですら億劫《おっくう》そうで、私が話しかけてもほとんど反応しないって感じで」

ひと月前の様子を思い出しながら、さっき見たおばあちゃんの様子と比べる。まるで、おじいちゃんと暮らしていたときのようにハキハキと元気なおばあちゃん。またなにか生き甲斐《がい》が見つかって、それで元気になったのならいいんだけど、先程のおばあちゃんの「また探さな」というひと言がとても気になる。

「おじいちゃんの湯呑み、やんな。おじいちゃんの遺品とかって、そのままなん？」

「いえ、亡くなってもう一年になりますし、遺品整理もしました。そもそも形見分けをしたときに、おじいちゃんの弟さんが湯呑みを持っていったんです。だからこの家にはおじいちゃんの湯呑みはないはずなんです」

私はさっきの明美さんの言葉を思い出した。

「もしかして、明美さんがさっき言ってたのはこのことだったんじゃ」

「あり得るな」

三ヶ栄さんはそう言って神妙な顔つきでこくりと頷いた。あるはずのない湯呑みの破片を祖母が片付けていると言う。胸がきゅっと締めつけられるような、おそろしいような気分になった。

すると襖《ふすま》がすっと開いて、お菓子とお茶をのせたお盆を持ったおばあちゃんが入ってきた。

「はい、どうぞ。惣七くんからもらったお菓子、食べような」

にこりと笑ったおばあちゃんは私たちの前にお茶とお皿を置いた。

「おばあちゃん、一枚多いよ、お皿」

「あ、これは誠さんの分」

「お供えするの？」

「お供え？　ちゃうちゃう！　もうすぐ三時やし、そろそろ帰ってくるやろ。置いとかんと拗《す》ねはるやん、誠さん」

え、と私は固まった。ぞくりと背筋が冷えるような感覚がして、顔を引きつらせる。

「天音さんのお祖父様は今、どちらに？」

「いつも、朝ご飯食べてから将棋さしに公園行ってはるで。将棋仲間とお昼ご飯食べに行って三時くらいになったら帰ってくるんよ。でも最近は昼ご飯食べに一回帰ってくることも多いな」

「そうでしたか。僕も将棋好きなんで、ぜひ一局お願いしたいです」

「あら、それは喜ぶわあ」

三ヶ栄さんはおばあちゃんと楽しそうに会話しながら、朗らかに笑う。

私はただただ固まってなにも言えずにいた。


三ヶ栄さんとおばあちゃんはしばらく楽しげに会話していたけれど、四時近くなるとおばあちゃんが夕飯の買い物に行くと言って立ちあがった。

「誠さんが帰ってくる前に夕飯の支度せな。あ、そうや。惣七くんも一緒に夕飯食べていくやろ？」

「ええのん？　ほなそうさせてもらいますわ」

いつの間におばあちゃんと仲良くなった三ヶ栄さんは、すっかり砕けた口調になっていた。

「ほんなら若いおふたりさんはゆっくりしといて。天音ちゃん、つくるのは手伝ってな」

「あ、うん」

コクコクと頷いて、部屋を出て行くおばあちゃんを見送った。すると三ヶ栄さんは顎に手を当ててなにかを考えはじめる。その口元が、いささか楽しそうに見えるのは私の気のせいだろうか。

「そういえば三ヶ栄さん、お友達の家には？　それに店長も早く帰ってこいって……」

そう尋ねると、気にせんでええよと答えた。

「そんなことよりも、今僕の興味はただ、『真実を知る』という点にあるんや」

にこりと笑ってそう言った三ヶ栄さんに、私は苦笑いを浮かべる。店長はいいとしても、そんなこと、という扱いを受けている下鴨の三ヶ栄さんの友達を少々哀れに思った。

ふと、居間の外に視線をやると、窓の向こうの庭の花壇に、おじいちゃんが生前、育てていた花が蕾《つぼみ》を膨らませていた。

「みみみ、三ヶ栄さん！　あの花っ、おじいちゃんが毎年育ててた花です！」

目を丸くして指をさしそう言うと、三ヶ栄さんもその花を見て、「あっ」と声をあげた。

「なるほど、天音さんがあの反物を選んだ意味がわかったわ」

三ヶ栄さんは納得とばかりにうんうんと頷いた。

「そうなんですよ、じつは……って、今はそうじゃなくて！」

「鋭いツッコミや、お見事」

ほう、と目を輝かせる。いやお見事じゃなくて！　と、心の中ではもっと激しくつっこんだ。

「おじいちゃんが亡くなってから、あの花壇にはずっとなにも植えてなかったはずなんです！　やっぱり、おじいちゃんの幽霊なんじゃっ」

「まあまあ。落ち着いてや、天音さん」

三ヶ栄さんは、ちゃぶ台に手をついて身を乗り出す私を軽く制して、お茶をすすめた。はしたなく興奮していた自分に気がつき、慌てて居ずまいを正した。

「おじいちゃんが死なはったあとの喪失感に耐えきれなくなって、あたかもおじいちゃんがいる、そう振る舞いはじめただけかもしれへんで。でもそうなると、今後心の病気に罹《かか》る可能性もあるしなあ……帰ってきたら、おばあちゃんにちゃんと聞こな」

そう言って、ふわりと笑った三ヶ栄さんはお菓子に手を伸ばした。私はおばあちゃんがおじいちゃんのために用意したお菓子に目をやる。おばあちゃんのことが心配だった。

三ヶ栄さんは「幽霊とちゃうし、大丈夫やって」とつけ足し、ニヤリと笑う。

「それにしても、幽霊怖いんや」

「だ、誰だって怖いですよ。私、一応女の子ですし……」

笑われて、私は慌てた。少しきまりが悪くなり、私もお菓子に手を伸ばすと、もそもそと口に運んだ。

「そういえば、三ヶ栄さんのお家って、どこにあるのですか？」

ソワソワした気持ちを見抜かれないように話を変える。

「僕、守口《もりぐち》に住んでるで。実家や」

「えっ、そんなに近くだったんですか」

私は京阪線の古川橋《ふるかわばし》駅の近くに住んでいるのだが、三ヶ栄さんの家と、数駅しかちがわなかったことに少し驚いた。ちなみに京阪線の古川橋駅前後は駅と駅の距離がとても近いため、電車の中から次の駅を目視することができる。

「まあ実家暮らしゆうても、オトンはアレやし、ひとり暮らしみたいなもんやけどなあ」

そう言って楽しげに笑った。ということは、お母さんはいないのか。そういえば、三ヶ栄さんのお母さんの話は聞いたことがない。

本当は聞きたかったけど、聞いてはいけないような気がした。


「ご飯やで」

おばあちゃんの声で居間に用意された食卓につく。それから縁側に出て三ヶ栄さんと夕涼みをしていたら、あっという間に夕飯の時間になった。丸いちゃぶ台を、おばあちゃんと三ヶ栄さん、私の三人で囲む。いつの間にかおじいちゃん用のお菓子とお茶はさげられていたが、食事はきちんと四人分用意されていた。三人でいただきます、と手を合わせる。

いたってシンプルな和食だけれど、おばあちゃんのつくるご飯は温かくてほっとする味だった。いろいろと解せない点はあるが、久しぶりに元気なおばあちゃんと一緒に食事ができたので、とりあえずよしとしよう。

「おばあちゃんのお味噌汁、ほんまおいしいわあ」

三ヶ栄さんはしみじみとおいしそうに味噌汁を啜る。

「おかわりもあるで。惣七くん、天音ちゃん」

私は「ありがとう」と言ってから、ちらりと横の席を見た。

不自然に空いたその席には、〝おじいちゃんの分の食事〟がもくもくと湯気を立てている。

「お、おばあちゃん。おじいちゃんは本当にここでご飯を食べるの？」

「本当にって、なにを言うてんの天音ちゃん。おじいちゃんがご飯を残さへんのは、天音ちゃんもよう知っとるやろ？　それに」

おばあちゃんは箸を置いて立ちあがり、居間の奥に置いてあるたんすの上から木箱を取る。ふたを開けて私と三ヶ栄さんに見せた。箱の中身は、何枚もの白い紙。

『ごちそうさま、さばがおいしかった』

『ごちそうさま、今日もありがとう』

紙にはきれいな字でそう書かれている。

「こ、これは？」

「誠さんがくれた、お手紙。いつも、ご飯の感想書いてくれはんの」

おばあちゃんは嬉しそうに笑い、そう言った。

「へぇー、見してやおばあちゃん」

「ええよ～」

三ヶ栄さんが興味深げにその紙の箱を覗いた。

「ほんまや、ようけあるなあ。これ、毎日欠かさず？」

「せやで。ご飯の内容も合ってるし、やっぱり誠さんしかおらんと思うて」

せやね～、とのほほんと笑う三ヶ栄さん。私はというと、背筋がまたぞくりとして、そのあとはおいしいはずの料理の味がよくわからなくなった。


食後はおばあちゃんが剝いてくれたリンゴを食べた。

「そうや天音ちゃん。今日は泊まっていくの？」

おばあちゃんは泊まっていくことを期待しているだろうけど……。

「えっと……今日は」

もうそろそろ帰るよ、と言いかけたところで、三ヶ栄さんは間髪容《い》れず、口を挟んだ。

「天音さん、泊まるって言ってたやん。おばあちゃん喜ぶからって」

にこりと有無を言わせない笑みで私にそう言う。その言葉に、おばあちゃんは嬉しそうに声をあげた。

「そっか、夏休みやもんね。ほんなら、惣七くんも泊まってく？」

「ええのん？　ほんなら遠慮なく、泊まらせてもらってええかな」

え!?　と驚きを隠せずたじたじになる私を差し置いて、ふたりは盛り上がっている。

「嬉しいわ！　ほな、お布団出さな」

おばあちゃんが、ぱんと手を打って立ちあがった。そのときだった。庭のほうからたったたっと土を蹴る足音が聞こえた。まさか！　おじいちゃんの幽霊!?　と焦ったが、顔を見せたのは太一くんだった。

おばあちゃんは、あらあらと縁側の窓を開ける。

「ばーちゃん、これ土産！」

仏頂面で、でも少し照れたように「ん！」と差し出したのは海の生物のかわいいイラストが描かれた箱だった。

そういえば、明美さんが水族館に行くと言っていた。わざわざおばあちゃんにもお土産を買ってきてくれたようだ。

「あら～、おおきに太一ちゃん」

おばあちゃんが受け取ると、太一くんはすぐに走って帰ってしまった。

おばあちゃんが布団の用意のために居間から出て行くと、私は三ヶ栄さんの顔をじっと見た。

「……いったい、なにを企《たくら》んでいるのですか。三ヶ栄さんらしくないです」

「企んでるなんて、ひどいなあ、天音さんは」

ははは、と笑った三ヶ栄さんはリンゴをパクリと大きく開けた口に入れ、フォークを置いて「おおきに。ご馳走様でした」と手を合わせた。そして、極上の笑みを浮かべた。

「天音さん。僕の興味はただ、『真実を知る』という点にあるんよ」

私はただただうなだれた。

「ほな、おばあちゃんが布団出してくれてる間に、洗い物しとこうかな。お世話になるし」

「あ、私も手伝います」

私が食べ終わった食器を片付けようと手を伸ばすと、三ヶ栄さんが「せや」と言った。

「おじいちゃんの分はさげたらあかんよ。まだ食べたはらへんし」

「や、やめてくださいよぉ……」

ニコニコと笑顔で私を怖がらせ、なんだか楽しげだ。私は急いでお盆に食器をのせ、廊下を挟んで反対側にある台所へ向かった。

三ヶ栄さんとふたりで食器を洗い、ちょうど片付けが終わろうとしたところで、台所におばあちゃんがやってきた。

「惣七くん、お布団客間に敷いたから天音ちゃんに教えてもろうてな。天音ちゃんはいつものところやで」

「おおきに、おばあちゃん」

ふきんを絞りながら三ヶ栄さんが答えた。

「ありがとう、お……おばあちゃん？　その食器は……どうしたの？」

私はおばあちゃんのほうを向くと、おばあちゃんの手にするお盆の上の食器に目が釘づけになった。食べ終わったばかりのような食器。お箸は、生前おじいちゃんが愛用していた箸だ。

「誠さん、今日も全部きれいに食べてくれて嬉しいわあ。それにほら、お手紙も」

手にしていた白い紙をおばあちゃんは嬉しそうに頬を緩めながら私たちに見せた。ぞわっと背筋が凍った。いつ、誰がその料理を食べたんだろうか。居間と私たちがいたこの台所は、廊下を挟んで向かいあわせの位置にある。だから人の気配があればすぐに気がつくはずだ。ということはやっぱり。

「ひっ」と悲鳴にもならない声をあげて、頬を引きつらせる。

「おばあちゃん、おじいちゃんには会《お》うた？」

三ヶ栄さんが手を拭きながら、おばあちゃんにそう尋ねた。

「それが、会うてへんねんよ。お布団を天音ちゃんの部屋と客間に敷き終わってから、居間に戻ったらも食べ終わってて。このお手紙が横に」

「そうなんや。あ、僕もご飯ご馳走様でした。おばあちゃんの料理、おいしかったわ」

三ヶ栄さんはにこりと微笑むとおばあちゃんからお皿を受け取って、洗いはじめた。私はというと、しばらく絶句したままだった。

そのあと、順番にお風呂に入った。私はゾクゾクとした寒気を感じて、お風呂もカラスの行水のような早さで終えた。そして、ヒンヤリした少し薄暗い廊下から、三ヶ栄さんを客間に案内した。

「ほんまに不思議やね」

「不思議と思えるレベルじゃないですよ……」

私は頬を引きつらせてそう訴えた。しかし、やっぱり三ヶ栄さんの口元はいささか楽しげに見える。謎めいたことや、ミステリーが大好きな三ヶ栄さんだから仕方がない。

「やっぱり怪奇現象でしょうか」

私がそう尋ねると三ヶ栄さんはにこりと笑った。

「気になる点はいくつかあるなあ。明日、調べさせてもらってかまわへん？」

「はい……」

どう見てもノリノリだ。

木でできた古びた廊下を歩くとギシギシと音がなって、わかりやすく慄《おのの》く私を見て三ヶ栄さんはにやにやと笑いを浮かべた。

「そんなに怖いんやったら、一緒に寝たろか？」

え⁉　と驚く顔を見て、三ヶ栄さんはまた楽しそうに笑う。いつもなら動揺してしまうそんな言葉も、今は怖さのほうが勝っている。小さく首を振り、強がりのつもりで「大丈夫です」と答えた。三ヶ栄さんを客間に案内して、来た廊下を見ると、薄暗くて背筋が凍った。そんな私の心情と見透かしたように三ヶ栄さんは私の肩をトンと叩く。

「天音さん、戻るときのこと考えてた？」

「あっ……」

結局、またふたりで来た廊下を戻り、三ヶ栄さんに私の部屋まで送ってもらうことになった。

「すみません、三ヶ栄さん。ありがとうございました……」

「ええよ、ええよ。それよりも、僕のほうこそ無理言って泊まらせてもろうて堪忍な」

どうやら少し後ろめたさを感じていたらしく、三ヶ栄さんは頭の後ろを掻きながら苦笑いしてそう言った。

「天音さんのおばあちゃんやし、少しでも力になれたらええんやけど」

「えっ……」

失礼ながら、三ヶ栄さんはただ単に真実が気になっていただけだと思っていた私は、私のためを思って協力してくれていたということに驚いた。思えば、三ヶ栄さんは私利私欲のために動くような人ではない。この数か月でそれを知ったはずだったのに。申し訳なさと自分を恥じる気持ちに、ばつが悪くなり、俯いた。

「ほな、また明日。おやすみ、天音さん」

三ヶ栄さんの手が私の頭にポンとのる。慌てて顔をあげると、三ヶ栄さんは廊下を戻っていった。

＊＊＊

「おはよう、天音さん。よう寝れた？」

朝、目が覚めてゆっくりとした足取りで居間へ向かうと、ちょうど台所から出てきた三ヶ栄さんとばったり出会った。着物の上におばあちゃんがいつも着ている、裾に朝顔の刺繍が入った割烹着を着ている。寝起きのはっきりとしない頭で、なぜ割烹着姿の三ヶ栄さんがいるんだろうと考える。

「ご飯できてるし、頭梳《す》いて顔洗っといで」

そう言って、にこりと笑った三ヶ栄さんはまた台所に引っ込んだ。そして洗面所で自分の姿を見た私は悲鳴をあげた。

そのあと「朝ごはんできたで～」とおばあちゃんが声をかけてくれるまで、洗面所で寝癖と格闘することになった。三ヶ栄さんにこんな姿を見られるなんて……。昨日は朝方まで寝つけずにいたからクマもひどい。

朝から私は落ち込んでしまった。

「お見苦しいところをお見せいたしました……」

居間に行くとおばあちゃんと三ヶ栄さんは仲良く朝ご飯の支度をしていた。

「無防備でかわいかったけどなあ。な、おばあちゃん」

「天音ちゃんはいつでもかわええよ〜」

のほほんとしながらそんな会話をするふたりは終始笑顔だ。まったく慰めにもなってないし、逆に恥ずかしい。はあ、と溜息を零しながら席についた。そして手を合わせて、まずは卵焼きに手をつける。

「あ、甘い……」

「久しぶりに天音ちゃんが来てくれたから、甘い卵焼きつくっててん。天音ちゃん、好きやもんな」

「うん。ありがとう、おばあちゃん」

私がにこりと笑いかけると、目尻をしわくちゃにしておばあちゃんは嬉しそうに笑って頷いた。おばあちゃんのつくった甘い卵焼きに焼き鮭《さけ》、そして三ヶ栄さんがつくったじゃがいものお味噌汁。どれもおいしくて、ほっと心が温まる朝ご飯だ。

「おじいちゃんは、お寝坊さん？」

三ヶ栄さんがおばあちゃんに聞いた。そういえば、と私もちゃぶ台の上を見た。昨日はきちんと準備されていたのに、今朝はおじいちゃんの分のご飯がない。

「ああ、誠さんならもう食べ終わって、公園に行ってしもうたわ」

「え……？」

なんともないように、そう告げたおばあちゃん。私は、ぎこちない笑みを浮かべながらも尋ねずにはいられなかった。

「もう……食べたの？　おじいちゃんが？」

「七時くらいやったかな。準備して置いといたら、あの人さっさと食べて公園行ってしもてんよ。惣七くんのお味噌汁も飲ませたかったわあ」

するりと私の手から箸が落ちて、畳の上に転がった。三ヶ栄さんは、そうやわなあ、と言いながら受け入れている様子だ。

「おじいちゃん、いつも朝早いん？」

「せやねん、毎朝早起きやであの人は。今日の朝もほら、ちゃあんと書いてくれてはったで」

おばあちゃんは嬉しそうに、机の上に置いてある紙を手にして笑った。

『ごちそうさま、なんで今日はたまごやき、あまいん？』

そう書かれていた。

「おじいちゃんはしょっぱいのが好みなんやね」

「そうやねん、酒飲みやからな」

普通のことのように、和やかなムードで話すふたり。

しかし、一気に食欲がなくなってしまった私はそっと箸を置いて「ご馳走様でした」と呟いた。

「おいしなかった？」

三ヶ栄さんが不安げな表情を浮かべてうかがう。私は慌てて両手と首を振った。

「い、いえっ。とてもおいしかったです」

「よかった。でも、ちゃんと食べな。天音さん細いのに、もっと細なってまうで」

三ヶ栄さんてば、お上手なんだから。じゃなくて！　朝から幽霊騒動だなんて、本当にやめてほしい。

「ご飯食べたら、調査開始やね」

「はい……」

力なく頷いた私を見て、三ヶ栄さんは楽しげに笑った。


「まずは、おじいちゃんのよう行ってはった公園やな」

朝食後、私と三ヶ栄さんはおばあちゃんの家を出て近所の公園に向かった。どうやら、三ヶ栄さんはおじいちゃんの将棋仲間だった人たちに話を聞きに行くらしい。

「太一っ！　どこ行くん！　せめて牛乳飲んでから行き！」

「嫌や、俺は急いでんねん！」

隣の家から、明美さんと太一くんの賑やかな声が聞こえてくる。数秒後、太一くんが家から飛び出してきた。

「おはよ、太一くん」

「……そこのいてっ！」

脱兎のごとく、私と三ヶ栄さんの間を通っていく太一くん。そのあと、明美さんも家から飛び出してきた。

「ああ、天音ちゃん！　おはよう、昨日泊まったんやね！」

明美さんが私たちの前で足を止める。

「おはようございます。はい、泊まりました。それにしても、太一くんどうかしたんですか？」

私が尋ねると、明美さんは苦笑いを浮かべた。

「あのアホ、朝ご飯食べんと飛び出していきよってん」

はあー、と溜息を零した明美さんは腕を組んだ。

「あの子最近よう外行くし、友達と遊んでんねんやったらええねんけど」

そうポツリと呟く。

「あんな性格やから、ずっと通ってた幸子さんの書道教室にしか友達いてないみたいで。誠さん死なはってから、幸子さんお教室閉めはったやろ？　それから、太一も元気なくてなあ。最近ご飯もあんま食べへんし」

明美さんは目を伏せる。私はかける言葉を探したけれど、うまく出てこなかった。たしかに、おじいちゃんがいなくなってから、何度もおばあちゃんの家に来ているけど、見かける太一くんはいつもひとりだった。友達との付きあいがうまくいっていないのかもしれない。ちょっと素直じゃないところがあるけど、根はいい子だ。昨日だってわざわざお土産を届けに来てくれた。

「って、なんや！　辛気臭なってしもたわ！」

あははっ、と明美さんは豪快に笑い、バシバシと私の背中を叩いた。そして、デートやのに引き止めてごめんな、と三ヶ栄さんと私を交互に肘でつついた。

「楽しんできてな、天音ちゃんもイケメンくんも」

明美さんは楽しげに笑いながら家に入っていった。

「かわええなあ、太一くん」

三ヶ栄さんは楽しげにクスクスと笑っていた。


おばあちゃんの家の前の路地を歩いていくと、古風な家が連なる少し広めの道に出る。そこを道なりに進むと、おじいちゃんがよく行っていた公園がある。桜の木が植えてあり、春にはお花見ができる。大きなタコの形の滑り台にブランコ、ジャングルジム、シーソー。奥のほうには木陰にベンチがあり、そこでよくおじいちゃんは将棋仲間と勝負していた。

「三ヶ栄さんって、小さい子好きですよね」

「好きやで。いじったらすぐ顔に出るところが、またかわええねん」

「……え？」

苦笑いで聞き返した。三ヶ栄さんは満面の笑みだ。

「嘘《うそ》やって。正直で一生懸命で、素直なところがかわええからやね」

これは嘘ではないだろう。書道教室やそろばん教室の時間は私は店番をしているから三ヶ栄さんの先生ぶりを知らないけれど、子供たちの三ヶ栄さんへの態度を見れば子供好きだということはよくわかった。

「あ、あそこ？　天音さん」

「あ、はい」

前方に緑生い茂る木々が現れ、『いこい広場』と書かれた木のプレートが見えた。数年前からずっと変わっていないその風景に、少し頬が緩んだ。

「懐かしいなあ」

「よう来とったん？」

「はい。おばあちゃんの家に遊びにきた日は朝ご飯のあと、おじいちゃんと食パンを持って鳩《はと》の餌やりを」

「おじいちゃんはここら一帯の鳩を手懐《てなず》けてたんやね」

なんて会話をしながら、よくおじいちゃんが将棋をさしていた、ベンチへと向かった。

時刻は九時半過ぎ、子供たちの賑やかな声が聞こえた。

「あ。やってはる、やってはる」

三ヶ栄さんがそう言って指さした先には、ベンチに簡単な将棋盤を置いて、楽しげに語らっている人だかり。

「こんにちは」

三ヶ栄さんは躊躇《ちゅうちょ》することなく、にこやかな笑みを浮かべてその人たちに声をかけた。

「なんや、兄ちゃん」

ベンチの一番手前に座っていたおじいさんは、三ヶ栄さんを訝しげな表情で見あげた。私は三ヶ栄さんの着物姿を見慣れているけど、たしかに突然着物姿の若者に声をかけられたら不審に思うかもしれない。

「僕も、将棋好きなんです。仲間入れてくれたら嬉しいねんけど、ええですか？」

三ヶ栄さんの尻あがりの発音を聞いたおじいさんたちの表情が少し緩んだ。

「なんや、兄ちゃんみたいなイケメンも将棋嗜むんやなあ」

「ええよ、ええよ！　どや一局」

三ヶ栄さんは難なくその輪に入り込んだ。三ヶ栄さんのその柔らかな雰囲気は、誰もが受け入れてしまうんだ。

「ん？　見たことあるような顔や思ったら、あんた神谷はんとこのお孫さんやな！」

ひとりのおじいさんが私に気づいた。

「夏休みとか正月とかになると、よう神谷はんの後ろついて来てた、あの子か！」

「ええっと……天音ちゃん！　そや、天音ちゃんや！」

「そうそう、天音ちゃん！」

おじいさんたちはうんうんと頷きながら、立ちあがって私のほうに来て私の背中をバシバシと叩いた。私のことを覚えていてくれたことが素直に嬉しい。私もすんなりと輪の中に入ることができた。

「懐かしいなあ、天音ちゃんいくつになったん？」

「十六で、高一です」

「かあっ！　ワシも歳取ったもんやねぇ！」

ガハハッと皆さんは豪快に笑った。三ヶ栄さんはというと、ベンチに座って、先程話していたおじいさんと、さっそく一局さしていた。

私はそのベンチに近づいて覗き込む。

「天音ちゃんは兄ちゃんのコレか？」

おじいさんはニヤリと笑いながら、小指をピンと立てた。クスリと三ヶ栄さんは笑って肩をすくめた。

「ちゃいますよ、僕の店のかわええバイトさん」

私はひとり赤くなりながら縮こまった。

「兄ちゃん、店やってんのか！」

おじいさんたちが驚いて口々にそう言うと、三ヶ栄さんは徐《おもむろ》に懐に手を入れた。そして、『やくふごこ』のショップカードを取り出した。

「大阪城の近くに、こぢんまりした店構えてましてて。ひっそりと営業しとりますんで、機会があったらぜひ」

そう言いながらちゃっかり全員にカードを配り、よろしくお願いします、と満面の笑みを見せていた。『やくふご』はこぢんまりした店でもなければ、ひっそりとしてもいない。

案の定、受け取ったカードを見て、おじいさんたちは目を丸くしていた。

「驚いたわ。ただの京都の街にうかれて着物着てるちゃらちゃらした男かと思うとった」

「ワシもや」

「ワシも」

私と三ヶ栄さんは顔を見あわせて、苦笑いした。

「天音ちゃん、幸子はんに会いに来たんか？」

三ヶ栄さんと対局しているおじいさんが私に聞いてきた。

「あ、はい」

「びっくりしたやろ、あんな様子やと」

どうやら、おじいさんたちもおばあちゃんの様子を知っていたらしい。私の後ろに立っていた別のおじいさんが神妙な面持ちで、私の肩をポンと叩いた。

「きっと、ひとりになってちょびっと寂しいだけやと思うし、ちょいちょい様子見に行ったげてな」

「そのことで」

三ヶ栄さんは軽く手をあげた。そして、ぱちんと駒を移動させてニヤリと笑い「王手」と言った。

「そのことで、聞きたいことがあったんです」

「ああー！　もう負けてしもた！」

相手のおじいさんは悔しそうに将棋盤を睨んだ。

「聞きたいこと？」

「はい、天音さんのおばあちゃんの様子はご存じなんですよね。ほんなら、話は早いです。最近、誠さんとは会いましたか？」

「会いましたか、もなにも……」

そう言って言葉を濁らせ、おじいさんは少し目を伏せた。

「誠さんは、去年に……死なはったやん」

「葬式の日が最後や、誠さんと会《お》うたのは」

誰かがポツリとそう言うと、うんうんとおじいさんたちは頷いた。

「太一も来《け》えへんくなったなあ」

「え、太一くんですか？」

思わぬ人物の名前があがって、私と三ヶ栄さんは顔を見あわせた。

「いつも休日は、誠さんとよう公園来ててんけど」

「ぱったり、来えへんようなって」

太一くんがおじいちゃんと……。初めて知った事実に、私は少し驚いた。おじいちゃんと太一くんって、仲良かったんだ。

「おおきに、それが聞きたかったんです。ほな、僕らはそろそろお暇させてもらいますわ」

「あ、ありがとうございました」

すくっと立ちあがった三ヶ栄さんに合わせて私も頭をさげてお礼を言うと、私たちは公園を出た。

思いの外、公園に長くいたようで、おばあちゃんの家に戻ってきた頃には、おばあちゃんが昼ご飯の支度をしている時間だった。

ただいま、と玄関に入ると、おばあちゃんは「おかえり。お昼ご飯もうすぐできるよ」と台所から顔を出した。

「そういえば、天音ちゃんに惣七くん。いつ帰ってしまうん？」

おばあちゃんが聞く。

「え、えっと……」

私は言葉を濁すと、三ヶ栄さんが代わりに答えてくれた。

「夕ご飯の前には帰りますわ。ちゃんと天音さん送り届けるし、心配せんでええよ、おばあちゃん」

おばあちゃんは少し寂しそうな顔をしたけれど、頷いて、笑った。

「ほな、お昼ご飯食べたらゆっくりお喋りしような、天音ちゃん」

「うん」

私は笑顔でそう返答して、お昼ご飯の準備を手伝うべく、台所へ向かった。

そのとき、どこからかカコンとなにか固い物同士がぶつかるような乾いた音がして、私は振り返った。三ヶ栄さんも聞こえたらしく、同じ方向を向いていた。三ヶ栄さんはすかさず尋ねる。

「おばあちゃん、今のん、なんの音？」

「誠さんがゴルフの練習してるんやろ、きっと」

ニコニコと笑いつつ味噌汁を温めながらおばあちゃんは答える。さらに「二階の物置で昔からようやってたやん」と言う。

三ヶ栄さんと私は顔を見あわせるや否や、二階へ続く階段へ向かって走った。ドタバタと階段を駆けあがる。二階の物置部屋は階段をあがってすぐだ。

「物置部屋って、ここ？」

「は、はい！」

私が頷くと、三ヶ栄さんは中の様子をうかがいながら少しずつドアを開けていった。

「誰も……おらへんよ」

三ヶ栄さんのその言葉を聞き、私もそっと中を覗いた。小窓がふたつあるだけの薄暗くて、埃っぽい物置部屋。たくさんの家具や使わなくなった物が床に無造作に置かれていた。部屋の真ん中の意図的に空けられたようなスペースには、パターマットが敷かれている。しゃがんだ三ヶ栄さんはホールの中に手を入れてガサゴソとあさる。すると一球のゴルフボールが出てきた。

「孔球玉《だきゅう》に、使い込まれた孔球台……」

ポツリと呟いて、ゴルフボールを窓の外の光にかざした。とんとんとん、と階段をのぼってくるスリッパの音がして、おばあちゃんが顔を出した。

「びっくりするやん。ふたりして走り出して、どないしたん」

クスクスと笑いながら、そう聞いてきた。

そんなおばあちゃんに、にこりと笑いかけた三ヶ栄さんは尋ねた。

「おじいちゃんって、決まってこの時間に練習してはるん？」

「せやなあ、決まった時間はないけど、あの人飽き性やからちょっとやって一時間後にまたやる、って感じのときもあるな」

一時間後に？　その言葉に、三ヶ栄さんはすっと眉をひそめた。そして、物置部屋を注意深く見まわした。

パターマットの近くの壁に、故意に立てかけられたように見える、おじいちゃんが愛用していたクラブ。三ヶ栄さんはクラブをそっと持ち上げたかと思うと、すぐ横の壁の上を見あげた。そこには大きなからくり時計がある。時計の文字盤の一から十二のところに十二個の小さな扉がついていて、決められた時間にその扉が開くからくりになっている。

「あ、そのからくり時計な、お教室の壁に飾ってあったやつや。動くけど音が鳴らへんようになってしもうたから、こっちに移してきたんよ」

「なるほどなあ」

楽しげにそう呟いた三ヶ栄さんは、近くに無造作に置いてあった椅子を引っ張ってきて、それを台にした。そして、からくり時計の小さな扉に手を伸ばしそっと扉を開けた。その拍子に、カランとなにかが床に落ちてくる。

「やっぱりな」

満足げに三ヶ栄さんはそう言うと、床に落ちたそれを拾いあげて、振り返った。

「そ、それって！」


その日の夕方。

私たちはまっ暗な部屋にいた。半開きの襖から明かりのついた隣の居間をうかがうように覗く。視線の先のちゃぶ台には、ひとり分の食事が置かれている。

三ヶ栄さんの横顔を見ると、やはり楽しげに口角があがっていた。

「本当に、こんな単純なことで大丈夫なんですか？」

小声でそう尋ねた。そんな私に三ヶ栄さんは満面の笑みを見せて、手に持っていた小瓶を掲げた。

「大丈夫やって、これも入れたし。よし。ほな、おばあちゃん。そろそろ、よろしく頼んますわ」

居間にいるおばあちゃんに襖の隙間から声をかける。

「はあ」

おばあちゃんは、不思議そうな顔をしながら手を口元に添えて叫んだ。

「天音ちゃん、惣七くん、ご飯やで～！」

本当にこんなので、犯人がつかまるのだろうか。一抹の不安を胸に、私もそっと居間を覗いた。

それから一時間くらい経過しただろうか。キシッと床が軋む音がして、三ヶ栄さんは静かに襖を閉めた。

「来たで」

その言葉に、生唾を飲んだ。ぎゅっと両手を握って、息を殺した。そのとき、ガタン！と大きな音がした。

「辛っ！　なんやねんこれ！」

悲痛な叫び声が聞こえた。

「今や天音さん！　確保！」

「は、はい⁉」

素っ頓狂な声をあげつつ、とにかくつかまえないといけないと思い、勢いよく襖を開けて居間に飛び込んだ。しかし、飛び出してすぐにその意気込みは消えてしまった。

「た、太一くん！」

口元を押さえながら、畳の上でのたうちまわっていたのは、なんと太一くんだった。

「はい、太一つかまえた」

三ヶ栄さんはニコニコ笑いながら、太一くんを後ろから羽交締《はがいじ》めにした。

「アホ、離せやっ！　てかめっちゃ辛いねん、水ちょうだい！」

「そらあ、激辛調味料どばどば入れたしなあ。水飲んだらますます辛なるで」

その言葉に暴れることをやめた太一くんを見て、三ヶ栄さんは太一くんを離した。

「どうして、太一くんが？」

私はカップのお茶を手渡しながら、そう尋ねた。太一くんは仏頂面で、ゴクゴクとお茶をあおった。代わりに三ヶ栄さんが口を開いた。

「太一が、犯人やもんな」

「呼び捨てすんなや！」

ダンッとコップをちゃぶ台に叩きつけ、立ちあがって三ヶ栄さんを睨むと、くるりと踵を返した。

「太一ちゃん？」

居間の入り口に立っていたおばあちゃんが、不思議そうに名前を呼んだ。その瞬間、太一くんは顔をひどく歪《ゆが》めた。

「どういうことですか？　三ヶ栄さん、太一くんが犯人なんですか？」

「せや、この幽霊騒動の犯人は、太一。証拠はいくつかあるで」

太一くんはふんと鼻を鳴らしてそっぽを向いた。

「まず、ひとつ目。おじいちゃんのご飯が消える時間帯。さっき、おばあちゃんに確認したら、一か月前までは昼ご飯は消えへんかったのに、ここ最近になって消えはじめた。それは、それまでは犯人に昼ご飯は食べられへん理由があって、最近になって昼間に時間ができたということ。そこで僕は思うたんや。昼に時間がない人はどんな人やろ、一か月前から暇になるのは誰やろ？　って」

ひと月前から暇になる人？　首を傾げて考えていると、三ヶ栄さんと目が合った。

「学生や」

「あっ」

そうか、学生だ！　たしかに学生なら一か月ほど前から夏休みに入って、自由な時間が増えた。

「学校で昼ご飯を食べることがなくなったから、一か月前から」

「そういうことやね」

なるほど、と頷いた。

「ほんで、次。孔球玉のからくりや」

「だきゅう……だま？」

黙って聞いていた太一くんが不思議そうに聞き返した。

私はすかさず「ゴルフボールのことだよ」と解説する。

「あのからくり時計は、決められた時間に決められた扉が開いて動き出す仕組みやった。そこに、これが入ってて」

三ヶ栄さんは懐に手を入れて、ゴルフボールを取り出した。

「あ」と太一くんは声をあげた。身に覚えがあるらしい。

「仕掛けがめっちゃ単純で驚いたわ。扉が開いた勢いで飛び出した孔球玉は転がって、孔球台に落ちる。それが転がって穴に加点枠内や」

「だきゅうだい？　かてんわくない？」

はあ？　と顔を歪めながら聞き返した太一くん。わかるよ、太一くん。誰だって最初はそう思う。

「パターマットに、ゴールインですよね？」

苦笑いでそう告げれば、三ヶ栄さんは満足げに頷いた。

「あのからくり時計が壊れたことと、それが物置に置いてあることを知ってるのは、書道教室の生徒とおばあちゃんだけ。ということは、犯人は書道教室に通ってた学生」

おばあちゃんの家に遊びにきたときにこっそりと物置部屋にしのび込み、おばあちゃんがひとりで家にいる時間にゴルフボールが落ちるようにセットしていたんだろう、と三ヶ栄さんは推理を続けた。

「さらに、もうひとつ言わせてもらうと、あの机の上に置いてあったやつやな」

ギクッという効果音がつきそうなくらいに、太一くんは肩を跳ねさせて目を丸くした。

「べ、別に俺は手紙なんて書いてへんし！」

「なんで机の上にあったのが、手紙って知ってんの？」

三ヶ栄さんは意地悪く笑う。太一くんは「あっ」と声をあげて、悔しそうに顔を歪めて唇をかんだ。

「まあ、今の言質を取らんくても、あの手紙を見たら、小学校低学年が書いたんやろなあとはだいたい想像つくで」

「ど、どうしてですか?」

おそるおそる尋ねると、三ヶ栄さんはにこりと微笑んでみせた。

「字はきれいやったけど漢字を全然使《つこ》うてなかったからやなあ。『卵焼き』『甘い』。大人ならば、漢字で書いててもおかしくないはずやのに、ほとんどが平仮名やった」

たしかにそうだ! と大きく頷いた。

「さらに言うと、犯人はご飯ができた時間を知ってここに来られる人物。おばあちゃんは、いつもご飯ができたら声をかけてくれはる。おばあちゃんはおじいちゃんのこともそうやって呼んでいたんやろうね。その声が聞こえるところにおる書道教室に通ってた学生は、隣に住んでいる太一しかおらんやろ? おばあちゃんが席を立ったときを見計らって縁側からこっそり入ってご飯を食べて手紙を置いたんや」

三ヶ栄さんはにこりと笑ったが、その目には迫力があった。太一くんは俯いていて、その表情は見えない。

「太一くん、どうしてそんなことを……」

「だって!」

私の言葉を遮るように、太一くんは顔をあげると、荒らげた声で言った。

「ばあちゃんは、俺のばあちゃんなんや。本当のじいちゃんとばあちゃんは早くに死なはったから、ばあちゃんを本当のばあちゃんみたいに思ってたんや！」

太一くんは目に浮かんだ涙を腕で拭って、三ヶ栄さんを睨んだ。

「じいちゃんが死なはって元気なくなって、教室もお茶会も、なにもせんくなったばあちゃんが心配で、じいちゃんが生き返ったら元気なるかなって思うたんや！　ばあちゃんのためや、なにが悪いねん！」

言い切って肩で息をする太一くんは俯いた。三ヶ栄さんはすっと目を細めた。

「太一。顔あげてみ」

とても優しい声で話しかけた三ヶ栄さんは、太一くんの目線に合わせるようにかがんだ。

「悪いことなんてなんもあらへん」

予想外の返事だったのか、太一くんは探るように三ヶ栄さんの顔をじっと見つめる。

「俺のこと、怒らへんの？」

「怒らへん。太一はおばあちゃんがひとりぼっちになるのが心配やったからおじいちゃんの代わりをしてたんやろ。それは太一の優しさやん。おおきに。太一のおかげでおばあちゃんは笑うてる」

泣きそうな顔をして口を一文字に結ぶ太一くんの両肩に手をおいた三ヶ栄さんは優しい表情を浮かべながら続けた。

「でもな、太一がおじいちゃんの代わりをせんでもおばあちゃんはちゃんと笑ってたやん。太一がここに来るたび、おばあちゃんほんまに嬉しそうな顔してはったで」

ずっと黙っていたおばあちゃんが私の横を通って太一くんの前にしゃがみ込み、太一くんの頬にそっと手を添えてにこりと優しい笑みを浮かべた。

「心配かけてもうてごめんなあ、太一ちゃん。おおきに」

その瞬間、太一くんは顔を歪めてぼろぼろと涙を零しながらおばあちゃんの背に手をまわし抱きつき、わっと泣き崩れた。

「幸子さん！」

そのとき、明美さんが慌てた様子で縁側に飛び込んできた。

「あのアホ太一、来てへん？　まだ帰ってけえへんねん……って、そこにいてるし！　あんた、なんで泣いてるんよ！」

明美さんを見つけた途端、太一くんはおばあちゃんから離れて、明美さんに向かって走り出し腰に抱きついた。

「うわっ、なんやのこの子！　暑苦しいわ、離れてや！」

明美さんは事情を知らないながらも困惑気味に太一くんの背中に手をまわして、慰めるように優しく背中を叩いていた。

「とりあえず、迷惑かけたみたいで、ほんま堪忍な」

明美さんは申し訳なさそうにそう言い、頭をさげる。

「太一、もうお母さん困らしたらあかんで」

「……うっさいボケ」

明美さんの陰に隠れていたくん太一が仏頂面でそう言うと、明美さんは眉を釣りあげてその頭を容赦なく叩いた。

「なんて口の聞き方すんねんこの子は。しばくで！」

「もうしばいとるやん！」

そんなやりとりに、私は思わずぷっと吹き出してしまった。太一くんは「お騒がせしました」と何度も頭をさげる明美さんに手を引かれ帰っていき、居間は一気に静かになった。

ふと、おばあちゃんのほうを見た。

「そうか……誠さんは、もうおらんねんなあ」

おばあちゃんの呟きが、大きく聞こえた気がした。前みたいに、肩を落とし悲しげな表情を浮かべたおばあちゃんがいて、私はかける言葉が見当たらず、言葉が詰まった。

「天音さん。お着物、渡したら？」

三ヶ栄さんにそう言われて、私は本来の目的を思い出した。幽霊騒動ですっかり着物を渡すどころではなくなってしまっていた。私は慌てて立ちあがると、居間の隅にずっと置いていた紙袋をおばあちゃんの前に置いた。

「おばあちゃん。私、初めて着物を縫ったんだよ。おばあちゃんにプレゼントしたくて、一か月前から縫ってたんだよ」

そう言って紙袋の中から着物を取り出した。おばあちゃんは伏せていた目を少しだけ動かした。その目は、次第に大きく見開かれていく。

「これ、このお花……千日紅《せんにちこう》？　誠さんが、育ててた」

「うん、おじいちゃんの好きな花だよね？」

私がそう言うと、おばあちゃんは頷いた。

肩から裾にかけて藤色から裏葉《うらは》色という渋くくすんだ薄緑色に変わっていく布地に、薄紫色や朱色に色づいた千日紅が控えめに描かれている着物。毎日心を込めて縫ってきた。

「あ、あのね。今年も花壇に千日紅が芽吹いたのは、おじいちゃんからのメッセージなんだよ、きっと！」

私がそう言うと、おばあちゃんだけでなく、三ヶ栄さんも驚いたように目を丸くした。

「ねえ、おばあちゃん知ってる？　千日紅の花言葉はね『色あせぬ愛』と『不朽』なんだよ。会えなくなっても変わらず愛してるよって、いつまでも朽ちない愛をおばあちゃんにって！　そう伝えたくて、今年も蕾が膨らんだんだよ！」

いつの間にか自分の頬が濡れていることに気づいた。感情的になっていた自分に少しの気まずさを感じて俯いた。おばあちゃんは私の縫った着物を優しく撫でる。

「これ、天音ちゃんが縫ってくれたん？」

「……うん」

「上手にできてるなあ」

おばあちゃんは着物をそっと広げた。三ヶ栄さんがつくるものと比べれば、不格好で下手くそだけれど、誰にも負けないくらい、気持ちを込めたつもりだ。

「おおきに、天音ちゃん。おおきに。ほんまに、おおきになあ……」

おばあちゃんは着物をそっと抱きしめて、ポロポロと涙を零した。そんなおばあちゃんを見て、私も目頭がまた熱くなった。

「おばあちゃん。今年の千日紅はきっときれいに咲くよ。来年も再来年も、おばあちゃんが幸せならもっときれいに咲くはずだよ。おじいちゃんは、おばあちゃんのこと愛してるから。おばあちゃんの幸せを願っているから」

そう言って、おばあちゃんの小さな手を握った。カサカサでしわがあって、温かい手だった。カコン、と二階で物音がした。時計を見れば、針は午後七時を指していた。

「まったく、太一ちゃんのいたずらには困ったもんやなあ」

おばあちゃんはふふと笑った。ああ、もう大丈夫だ。私は心から笑って頷いた。心に染みるような温かい夕日が差し込むこの家に、久しぶりに優しい時間が流れた。笑顔あふれる、優しい時間が。

「ふたりとも、今晩も泊まっていけばええのに」

おばあちゃんは玄関で名残惜しそうにそう言った。

「また来るね」

た。

「お邪魔しました」

私と三ヶ栄さんはおばあちゃんに手を振って、夕日が沈んだまっ暗な路地を並んで歩い
「ほんまによかったな、天音さん」

「はい！　三ヶ栄さんにはいろいろとお世話になって。本当にありがとうございました」

私は立ち止まって頭をさげた。少しだけ、また目頭が熱くなった。

「僕はなんもしてないよ。今回、ごふくを運んだのは天音さんなんやから」

そう言われて、今度は頬が熱くなった。

「やっぱり、その〝ごふく〟って幸福という意味の御福ですか？」

「さあ、その考え方は人によるで」

すかさずそう言い切った三ヶ栄さんに、私は笑った。『ごふくを貴殿に』——呉服を届けることで、お客さんに御福をも届ける。それってすごく素敵なことだ。

「私、『やくふご』のキャッチコピーとても好きになりました」

「奇遇やなあ、僕も大好きやねん」

ふたりしてクスクスと笑いながら、ふたりで夜道を歩いた。

「そういえば、七時のアレは、さすがに肝が冷えたわあ」

「アレ、ですか？」

「あの、カコンて音」

え？　と小首を傾げながら思い出してみた。あ、そういえばおばあちゃん、いたずらがどうとかって言っていた気がする。

「やっぱり、そういう話してるところには集まるって言うしなあ。ああ、怖い怖い」

「集まる？　あの、三ヶ栄さん。いったいなんのことですか？」

私が尋ねると、三ヶ栄さんはニヤリと悪巧みがありそうな笑みを見せた。その表情に、いささか悪い予感がした。

「七時にカコンって音したやん？　僕さ、あの時計の仕組みを調べたときに、七時に開く扉を触って、中の孔球玉を取り出したから……あるはずがないんよ」

三ヶ栄さんは声を低くして、言う。私の背筋にゾワっと冷たいものが走った気がした。

「あ、あの……それって」

「古都京都やし、昔からそういった類《たぐ》いの話はようさんあるから、今日みたいなことも普通にあるのんやろうなあ」

なにが、どんなことが、と詳しくは言わなかったが、十分すぎるくらいに私には伝わった。奥歯がカチカチとなって、まわりから音が消える。三ヶ栄さんはすっと真顔になった。

「おばあちゃんの家にも、おったんやね……幽霊が！」

「いやあああっ！」

月が輝く静かな夜。閑静な住宅街に、私の悲鳴が響いた。それは、蒸し暑い夜が続く、八月のことだった。

4　ごふくを私に

　朝晩は、ヒューッと冷たい風が強く吹くようになった今日この頃。高校に入学してから仲良くなった友人、松田《まつだ》響《きょう》、通称響ちゃんと私は、教室後ろの窓側の席を陣取って、お弁当を食べていた。

「文化祭、もうそろそろやなあ」

「そうだね」

　本当なら毎年九月中頃に行われる私たちの高校の文化祭は校舎の耐震工事と重なり、ひと月遅れの今月、十月末に行われることになっている。ちなみに私たちのクラスは無難に缶ジュースの販売をすることに決まった。

「隣のクラスは浴衣着て和菓子喫茶やるらしいで」

「へえ、いいね。和菓子喫茶かあ」

「あ！　浴衣で思い出した！」

　突然なにかを思い出したように響ちゃんは声をあげた。どうしたの、と尋ねると響ちゃんは興奮気味に机に手をついて身を乗り出した。

「うち、めっちゃ聞きたいことあってん！　天音からはひょんなことから呉服屋さんで働くことになった、て聞いとったけど！」

「そうだけど？」

「ちゃう！　うちが聞きたいのはいつの間に『幸せを運ぶごふくやの大天使』と付きおうとったんや、てことや！　隣のクラスの子が天音と大天使が京都でデートしとるとこ見たって言うとった！」

幸せを運ぶごふくやの大天使って、もしかして三ヶ栄さんのこと？

「待って響ちゃん、いろいろと勘ちがいしてると思う」

「いいや待たへん、潔く全部白状し！」

響ちゃんは逃がさへんからな、と言って「ち、ち、ち」と人差し指を立てて軽く振り、ニヤリと笑う。私は苦笑いしながら肩をすくめた。

「なんや、ちゃうん？」

私と三ヶ栄さんが付きあっていないこと、そして店の名前が『ごふくや』ではなく『やくふご』であることを説明すると、響ちゃんはつまらなさそうに唇を尖《とが》らせた。

「というか、三ヶ栄さんって皆に大天使って呼ばれてるの？」

今度は私から質問した。私も大天使ミカエルっぽいと思ったことがあったが。すると、響ちゃんはほんのりと頬を染めて「ふふふ」と笑った。

「天然パーマで柔らかそうな艶のある髪。小さなお顔に、優しげな光を灯したタレ目。ふと見せる笑顔は、花咲くが如し。歩く姿はまさに百合の花……って大天使を見た子が言うとった」

大袈裟な表現に思わず笑ってしまった。もっとちがった反応を期待していたのか、響ちゃんは面白くなさそうな表情で唇を尖らせ、デザートのチョコレートの包装を剝がして、ポイッと口に放り込んだ。

「とりあえず、文化祭に来てくださいって誘っといてや。うちもその麗《うるわ》しいご尊顔拝みたいし」

「拝むって」

私がつっこむと、ふたりしてぷっと吹き出して笑った。

教員の研修会があるおかげで、今日は短縮授業だった。五限目が終わると、ささっとホームルームも終わり、普段よりも早く『やくふご』に向かうことができた。

店の前に着くと、店内からなにやら騒がしい声が聞こえてきた。不思議に思いながら「おはようございます」と中に入る。入るなり中年の男女のお客さんと目が合い、私は小さく頭をさげた。畳敷きの小上がりには三ヶ栄さんと悦子さん、そして大学生くらいの女性がいる。

「ちょっと！　お腹へっこましたって結局はあんたが苦しいだけやで！　潔く腹出し！」

「悦子さん、その言い方ひどいー……」

片手に巻き尺を持った悦子さんがその女性の背中をバシッと叩く。どうやら、採寸のまっ最中らしい。

「惣ちゃん、サイズ言うから書き取って」

「あかん悦子さん！　惣七さんには言わんといて！」

そう言って採寸されている女性は悦子さんの腕をゆする。悦子さんは「しょうがないなあ」という顔で紙に数字を書いていく。

結局三ヶ栄さんがサイズを見ながらつくるんだけどなあ、と私は苦笑いを浮かべた。

「せっかくの晴れ着やし、自分に合ったもの着なあかんよ」

三ヶ栄さんがそう言うと女性は頬を赤らめて頷く。

「惣七さんが仕立ててくれる振り袖、楽しみです」

先程目が合った男女のお客さんはその女性の両親だったらしい。採寸が終わると三ヶ栄さんに頭をさげて三人仲良く帰っていった。私はその様子をしばらく入り口で眺めていた。

「おはようございます、天音さん」

目を細めて柔らかい笑みを浮かべる三ヶ栄さんに小さく頭をさげる。

「堪忍な、天音ちゃん。ドタバタしとって」

悦子さんが少し疲れたような顔をしてそう言った。

私が仕事着に着替えるためにバックヤードに行こうとしたそのとき。

「ああ！　みっき！　天音さんみっき！」

三ヶ栄さんが突然そう声をあげた。

「みっき、てなんですか？」

「え、天音さんは言わへんの？　ちょっと待った、って意味やけど」

ああ、タンマと同じような意味か。どうやらこちらでは「みっき」と言うらしい。

「ちょっと待ってて」

三ヶ栄さんはいそいそと小上がりにあがり、桐箱が積み重なっているところの一番下からひとつ箱を取り出し、私に手招きをした。不思議に思いながらも私は履いていたローファーを脱いで三ヶ栄さんの隣に座った。

「またこれを忘れるところでした。僕、上へ上へと物を積み重ねる癖があるみたいで、どこへやったのかすぐに忘れるんですよ」

「どおりで、天音ちゃんが全然新しいの着いひんと思っとったんよ」

悦子さんがあきれた表情でそう言うと、三ヶ栄さんは苦笑いを浮かべ肩をすくめた。私は話の趣旨がつかめずに首を傾げた。

「天音さんの作務衣《さむえ》、ちゃんとしたものを用意したんです」

そう言って三ヶ栄さんは箱を開け、上にのっている和紙をそっと外すと小豆《あずき》色の作務衣がきれいにたたまれていた。三ヶ栄さんは優しい手つきでそれを取り出し、ゆっくりと広げた。

「わあ」

感嘆の声をあげると、三ヶ栄さんは嬉しそうに目を細めて笑った。

「今回は和風筒状婦人服型に縫ってみました」

上衣《じょうい》は今私が着ているものと同じつくりだが、下衣《したごろも》は着物のようなストンとしたスカートのつくりをしていた。

「寒くなってきたので、布地は小豆色でしっかりしたものを。そして、梅重色《うめがさね》の生地に小花がふんだんに描かれているもので前掛けをつくりました」

「素敵です。とてもかわいい」

「よかった。小豆色って若い天音さんにはちょっと地味に思われるんじゃないかと懸念していたんです」

「そんな！　とても素敵で、本当に嬉しいです！」

そっと作務衣に触れて、心の底からお礼を言う。こんなに素敵な作務衣をつくれるなんて、三ヶ栄さんは本当になんでもできる人だ。

「ぜひ今日から着てみてください。本当はもっと前にできていたんですけど」

そう言って申し訳なさそうに肩をすくめた。

三ヶ栄さんは完成した作務衣を桐箱に入れたままではよかったが、その上にどんどん別の桐箱を重ねてしまい、今まで忘れていたようだ。完璧に見えておっちょこちょいな一面もあるのが三ヶ栄さんらしい。口元に手を当てて「ふふふ」と笑ってから桐箱を受け取る。

「きっと天音さんに似あいますよ。ぜひ着てみてください」

そう言って優しく微笑んだ三ヶ栄さんに、私は顔を赤くした。

「はいはい、お邪魔虫な年寄りは帰りますわ」

唐突にそう言って含みのある笑みを浮かべ、悦子さんは私の肩を叩いてから店を出ていった。


上機嫌で新しい作務衣に着替え、店内に戻ると、お客さんが来ていた。

三ヶ栄さんが対応しているのだが、どうも様子がおかしい。話しているのは、眼鏡をかけた長身の男の人。制服を着て、スクールバッグを持っていることから高校生だと思われた。

「三ヶ栄さん、どうかなさったんですか?」

そっと声をかけると、三ヶ栄さんは困りきった表情で振り返った。

「天音さん……」

額に手を当てて深く溜息を零す三ヶ栄さん。

「これが大阪城公園に貼ってありました。証拠写真です」

高校生と思われるその男の人は、スマートフォンを三ヶ栄さんに突き出し、そう言った。

三ヶ栄さんはその画面をじっと見つめて、大きな溜息をついてうなだれた。

「天音さん、これ見て」

三ヶ栄さんは、そのスマートフォンを指さした。男の人が私にも見えるようにそれを突き出した。映し出されているのは写真で、一枚の張り紙らしきものが写っていた。

「呉服屋『やくふご』アルバイト募集。学生可、時給九〇〇円から、どんな条件でものみますので誰かうち働いてください。今なら犬でも猫でも大歓迎。詳しくは『やくふご』店主代理まで。……え？」

自分でその内容を読みあげて、驚きと困惑で声をあげた。

「僕、こんなふざけた張り紙した覚えないし、そもそも副業店員の募集なんてしてないねんけど」

「でも、現にこうして張り紙がある以上、俺が雇ってもらわれへん理由はあらへんと思いますけど」

男の人は無表情で淡々とそう言った。

「どないしよ天音さん」

「本当に張り紙、心当たりはないんですか？」

私が念を押すように尋ねると、三ヶ栄さんはもちろんとばかりに頷いた。そうすると、いったい誰がこんなことを。

「あっ、店長！」

私がそう声をあげると、三ヶ栄さんははっとした表情になった。

「ああほんまや、オトンや！」

三ヶ栄さんは同調してそう言い、大きく頷いた。

「思い出した。店が壊されかけて、まりあさん辞めさせた頃、僕オトンにすごい怒ってん。

あんたのせいで大変なんや、って」

なるほど。それで「それなら新しいバイトを雇えばええんやな」的な流れになり、店長がこの貼り紙をつくったという具合だろうか。

「あの、悪いねんけど、その張り紙は時効で」

申し訳なさそうに三ヶ栄さんはその男性に頭をさげる。しかし、男性は引きさがらなかった。

「じゃあなんですぐに剝がさないんですか」

冷ややかな目を向けられた三ヶ栄さんはいつもの堂々とした様子とは反転、首を縮めて俯く。

「ここに書いてある『どんな条件でも云々《うんぬん》』のところ。俺、大学の入学金を貯めてて、あと五万ちょっと必要なんです。平日は学校帰りの五時からここの閉店時間の八時まで働いて一日で二七〇〇円、休日は開店から閉店まで。それをひと月続ければ五万くらいすぐ貯まるはず。やから、貯まったら辞めるってことが条件で、雇ってくれませんか」

その人はよろしくお願いします、と頭をさげた。三ヶ栄さんと私は顔を見あわせる。困りきった表情で眉間にしわを寄せる三ヶ栄さん。私は苦笑いで肩をすくめ、小さく首を振った。

結局、『やくふご』には新しいアルバイトがひとり加わった。

「おはようございます」

店に到着すると、三ヶ栄さんはいつもの優しい笑みで「おはようございます」と迎えてくれる。そしてもうひとり。

「おつかれ、神谷」

私を苗字で呼ぶのは先週から『やくふご』のアルバイトとして雇われた、佐藤新《さとうあらた》さん。私立の進学校に通う高校三年生だ。内部進学がほぼ確定しているらしく、入学金を稼ぐためにひと月の期間だけアルバイトすることになった。整った顔立ちに黒縁メガネがトレードマークで、すらっとしたモデル体型。つっけんどんな物言いから一見冷たそうに見えるけれど、寡黙な性格なだけだとここ数日過ごしてわかった。

「店長代理、これどこにしまうんですか」

「ああ、それは畳に置いといてください」

三ヶ栄さんがすかさずそう言うと、佐藤さんの眉がピクリと動く。

「……でも使わないんですよね」

「いや、このあと使いますんで」

佐藤さんの顔がひきつる。

「あ、あの、三ヶ栄さん。この文机の上に置いておきますね」

三ヶ栄さんと佐藤さんの間に漂う不穏な空気を感じ取り、私は慌てて畳の上に置いてあった裁縫箱を拾いあげて机の上にそっと置く。助けを求めるように悦子さんを見ると、素知らぬ顔でお茶をすすっていた。

「店の中がきれいなのに越したことはないし」

悦子さんは三ヶ栄さんを一瞥してそう言う。

「佐藤さんのは度を超えてるやろ！」

すかさずそう言ったのは三ヶ栄さんだ。悦子さんは喧嘩しなさんな、とだけ言い残すとさっさと帰り支度を整えて帰ってしまった。それを見ていた私は思わず苦笑いする。

たしかに佐藤さんは極端なきれい好きだ。

私は作務衣に着替えて、ほうきとちりとりを持って店先に出る。

「神谷。外掃いたらここ手伝ってくれへんか。どう並べるんかよくわからんし」

反物を持って眉間にしわを寄せた佐藤さんが外にいる私に声をかけてきた。どうやら三ヶ栄さんが出しっぱなしにしていた反物を片付けてしまいたいらしい。三ヶ栄さんが「それはまだあかん！　出しといて！」と慌ててお願いしているが、「だめです」と一蹴されていた。私もこまめに片付けるように心がけてはいたが、佐藤さんは徹底している。

「佐藤さんのわからずや。天音さんも一緒にお願いして〜」

「そんなんやから片付かないんですよ、店長代理」

ふたりのやり取りに苦笑いを浮かべながらほうきで外を掃くと冷たい風がひゅうひゅうと吹いていて肩をすくめた。

「寒くなってきたなあ」

思わずひとり言を漏らす。街路樹は少しずつ葉の色を変え、散り始めている。三ヶ栄さんと出会って、ここで働きはじめてから六か月が過ぎた。怒濤のように過ぎ去った六か月間だった。

「天音さん」

トントン、と肩を叩かれ振り返ると、そこには微笑みを浮かべた三ヶ栄さん。

「もう終わりますか？」

「あ、はい。どうやら佐藤さんがすでに掃いていてくれたらしくて」

「そうですか。なら、休憩に付きあってくれませんか。昨日のお客さんにいただいたお菓子を食べましょう」

まだ仕事をはじめたばかりだというのに、と少々あきれながらもいつもと変わらない優しい笑みに私も頷いて微笑んだ。

店に戻ると、小上がりにすでに湯気の立つおいしそうなお茶が淹れてあった。お客さんはいない。佐藤さんの姿もないので二階にあがって教室の片付けをしているのかもしれない。

「ほら、天音さん座って座って」

畳の上に座らせられ、湯呑みを渡される。

「天音さん。自分用の湯呑みとかを持ってきてもいいんですよ、僕も置いていますし」

そう言いつつ、昨日お客さんにいただいたお菓子の箱を持ってきて私の隣に座った。

「どうしたんですか、嬉しそうに笑って」

私ははっと我に返り、赤くなった頬を隠すように頬に手を当てて首を振った。マグカップを置いていいって言われたことが、なんだか自分の居場所ができたみたいですごく嬉しかったのだ。

不思議そうに首を傾げながら三ヶ栄さんは箱の中から小さな袋に小分けにされたお菓子を取り出した。

「千寿《せんじゅ》せんべい、大好きなんですよね」

三ヶ栄さんはそう言って袋を破り、中身を取り出す。キツネ色の丸くてキザギザのおせんべいのようなもの。よく見れば、その間に白いクリームのようなものが挟まれていて、甘い匂いがした。

私も袋を破って、口に運んだ。食べると、あっさりとした優しい甘さのシュガークリームを口どけのよい生地に挟んだおせんべいだった。

「千寿せんべいは京都の有名なお菓子です。千代の寿《ことほ》ぎを願う千寿、とてもおめでたいお菓子なんですよ。大好物なんです」

ホクホク顔で千寿せんべいを口に運ぶ三ヶ栄さん。三ヶ栄さんって、甘い物好きなんだなと私は小さく微笑んだ。和やかな雰囲気で談笑していると、階段のほうからとんとんっと軽やかな足音が聞こえてきて、佐藤さんが店に戻ってきた。そして私たちを見て顔を顰める。

「仕事中になにやってんですか」

「大丈夫ですよ、休憩です」

「店長代理は一日に何度休憩があるんですか。俺が出勤してきたときも店番任せるって逃げるように出ていったし」

佐藤さんはあきれたように溜息をついた。不服そうな表情で目線を逸らした三ヶ栄さんは、お菓子を置いた。

「……もう少しでそろばん教室ですよ」

「あ、そうだった。天音さん、あと任せます！　佐藤さんも」

いつも「天音さん、あと任せます！」と言って弾丸のごとく飛んでいく三ヶ栄さんだが、そこに佐藤さんの名前が加わったことに、私はなんだか少し寂しく感じてしまった。三ヶ栄さんがバタバタと階段をのぼっていく音が聞こえる。

「神谷、それ片付けたら棚手伝って」

「あ、はい」

ふたり分の湯呑みとお菓子の箱をバックヤードに持っていく。洗い物をすませると、佐藤さんを手伝った。

彼は黙々と作業をこなす人だ。無駄がなく効率のよさを求める姿勢から、頭のよさがうかがえた。それに加え、律儀だ。今はこうして接しているけれど、初日は年下の私にも「ここでは先輩だから」と敬語を使おうとするくらいだった。三ヶ栄さんとはちがったタイプの完璧な人だ。

ふと視線を感じ、横を見れば佐藤さんがじっと私を見ていた。

「いや、ぼうっとしてたから。具合悪いのかって思うてんけど」

「あ、ごめんなさい。なんでもないです。だめですね、仕事中にぼうっとするなんて」

苦笑いを浮かべて、そばにあった反物を手に取り棚に戻した。

「その、和服」

佐藤さんがぼそっと呟いた。

「え？　あ、これですか？」

私は自分の着ている作務衣の肩の辺りをつまんで見せた。

「この作務衣は三ヶ栄さんが仕立ててくださったものですよ。佐藤さんのも」

佐藤さんが着ているのは、藍色の鱗《うろこ》模様の作務衣にまっ黒の前掛け。これも三ヶ栄さんが仕立てたものだ。佐藤さんは自分の着ている作務衣をまじまじと見て、すごいんだな、と感心したように呟く。その言葉が嬉しくて、私は大きく頷いた。

「甚平《じんべい》となにがちがうんだ」

「私もよくちがいがわからなくて三ヶ栄さんに聞いたことがあります。そもそもの由来が違うみたいです。えっと、作務衣はもともと禅宗のお坊さんの作業着で、甚平は江戸時代末期に庶民が着ていたものだそうです。甚平という名前は、もとになった着物が武士の『陣羽織《じんばおり》』に似ていたことから甚平と言われるようになったとかで……」

そう説明すると、佐藤さんは驚いたように少し目を見開く。

「構造も違うんですよ。作務衣は長袖に長ズボンスタイルで年中着られますが、甚平は短い袖にハーフパンツなので夏の和服なんです」

そう付け加えると、佐藤さんはへえ、と興味深げに言った。三ヶ栄さんに教わっていることがしっかりと頭に入っていたからか、スラスラと話すことができて少し嬉しかった。

「神谷も、すごいな」

メガネの奥の目を細めて、少し笑ってそう言った。いつもクールな佐藤さんにそういわれて、私はちょっと胸を張りたいような気分になる。

そんな話をしていると、店の裏口のほうから、そろばん教室にやって来た子供たちの声が聞こえてくる。

「賑やかですねぇ」

子供たちが「若先生、来たでー」と言いながらパタパタ階段をのぼっていく。

「そういえば、神谷はきょうだいとかおるん？」

子供たちにはあまり興味のない様子で佐藤さんが聞いてきた。

「妹がひとり。五歳です」

「結構離れてるねんな」

そのひと言にドキリと鼓動が高鳴る。興味深げな表情を浮かべる佐藤さんに曖昧に笑う。

「俺んとこも結構離れてて、七歳の妹がおんねん。よかったら今度あいつが着いひんなった服持ってこようか。おさがりになるけど」

「わあ、嬉しいです。喜ぶと思います」

そこから私たちはそろばん教室が終わるまで、談笑しながら棚の整理に精を出した。


一時間後、三ヶ栄さんは子供たちと一緒に二階からおりてきた。裏口から子供たちを見送り店に戻ってくると、一時間前とはちがった棚の様子に気づいた。

「あ、すごい。反物が整頓されてる！」

片付いた店内を見て、とても嬉しそうに声をあげる。

「そうだ佐藤さん。あの張り紙があった場所を教えてもらえますか。剝がしに行かないと」

三ヶ栄さんが思い出したというように佐藤さんに聞く。

「大阪城公園内の掲示板です。俺、取ってきましょうか」

「いや、ええです。場所さえわかれば僕が取ってきます。父がまいた種ですし、僕があと始末します」

そう言って深い溜息を零した三ヶ栄さんに、佐藤さんは怪訝な顔をしながらも「二階片付けてきます」と言って暖簾の奥へ入っていった。私は佐藤さんの後ろ姿を眺めながら文机の前の棚の整理をはじめる。しかしいつになく長い沈黙が流れ、なんだか気まずい。必死に話題を探した。

「あ、さっき、佐藤さんに甚平と作務衣のちがいを聞かれまして」

三ヶ栄さんはなにも言わず文机の前に座る。

「あの、その……陣羽織に似ていたから甚平って、昔の人は洒落っ気のある人が多かったんですね」

って、私はなにを言ってるんだろう。三ヶ栄さんは黙ったままだ。

「佐藤さんが」

「天音さん」

言葉を遮るようにして名前を呼ばれた。入り口から差し込む夕日のせいか、少し頬を紅潮させた三ヶ栄さんが私のほうを向いた。

「佐藤さんの話、今はなしにしよ」

ふいっと私から視線をそらし机の上の帳簿を見る。

「最近、僕天音さんとちゃんと喋ってない気がして、なにか」

語尾を濁して三ヶ栄さんはポツリポツリと呟くようにそう言った。私はその言葉に思わず頬が緩み、そして胸が熱くなるのを感じた。

「わ、私もです」と小さく呟くように言うと、三ヶ栄さんはちゃんと聞き取れたらしく「え？」と聞き返してきた。

「私も、最近三ヶ栄さんとちゃんとお話ししていないような気がして。す、少し寂しかったんです」

「天音さん、寂しかったん？」

少しいたずらっぽい口調が聞こえギョッとする。クスクスと余裕のある笑い声が聞こえた。帳簿のほうを向いたまま口元に手を当てて笑う三ヶ栄さん。しかし、耳が少し赤くなっているのが見えた。

「いや、あの」

「嬉しいわ、天音さんがそう思っててくれて」

「だ、だって。三ヶ栄さんも」

口元に手を当てたままわざとらしく、ん？と首を捻ってこちらを向いた三ヶ栄さん。これ以上喋れば墓穴を掘ることになると判断して私は口を閉じた。

「ほな、ちょっとお喋りしよ」

「え、でも佐藤さんはお掃除しているわけですし」

三ヶ栄さんはまた少し不服そうな表情を浮かべた。

「今は、佐藤さんの話はなし」

そう言って立ちあがり、畳の小上がりの縁に座った。そして自分の隣をぽんと叩き、私にも座るように促した。促されるままに三ヶ栄さんと並ぶように静かに腰を下ろす。そのとき、ちょうど雲が動いたのか黄金色の光が入り口から差し込み、反物を照らす。

「きれい……」

溜息をつくようにそう呟く。

「ほんまやな。せや、この季節やったら天守閣からきれいな紅葉が見れるで」

三ヶ栄さんは柔らかな笑みを浮かべてそう言う。

「そうなんですね。そういえば私、いつも近くを通っている割に大阪城って行ったことがないです」

「まあ、大阪人でも大阪城のぼったことない人ようけおるけど」

もったいないとでも言いたげな表情で肩をすくめる。私はそういうものなんだ、と小さく笑った。

「……よかったら、今度案内しよか？」

小さな声で、三ヶ栄さんは前を向いたままそう言った。え、と私が目を瞬かせて三ヶ栄さんのほうを向くと、三ヶ栄さんは慌てて頭を振った。

「いや、堪忍。いらんお節介やったら」

「そ、そんな。嬉しいです、ぜひお願いします。こちらこそ三ヶ栄さんが、迷惑じゃなかったら……」

私が早口でそう言うと、今度は三ヶ栄さんが私のほうを向いて目を瞬かせた。

「迷惑なんて思わへん。ほんなら、今度の日曜にでも。店番は悦子さんと佐藤さんに頼もな」

「は、はい。嬉しいです」

はにかみながらそう言うと、三ヶ栄さんは目を逸らし口元に手を当てて俯いた。

その顔を覗き込むとアーチ状に細められた目と少しだけ合った。四月と比べてずいぶんと距離が縮まったような気がした。

「おかえり、天音」

アルバイトが終わり帰宅した私は、廊下でトイレから出てきたお父さんに出くわした。

「飯、今皆で食ってるぞ」

「あ、うん。あとで……あとで行くよ」

私の言葉にお父さんは少し複雑そうな表情を浮かべた。そんなお父さんに、私は苦笑いで肩をすくめた。

「そんな顔しないで。本当に、今はお腹空いてないだけだから」

ごめん、と謝ってから私は自分の部屋へ戻った。扉を閉めて、カバンを机の上に置きベッドに倒れ込む。目を閉じると、リビングから家族の楽しげな声が聞こえて、布団を頭までかぶった。

コンコン、とノックされる音で飛び起きた。いつの間にか眠っていたらしく、時計を見ると十一時を過ぎていた。

「天音ちゃん。ご飯、ラップしてあるからね」と声が聞こえる。

「あっ、ありがとう」

お……、と、その続きの言葉を言おうとしたが、喉でつっかえるような感覚がして、出てこなかった。そして私が続きの言葉を言う前に、ドアの前からスリッパの足音が遠ざかっていき、私は大きく溜息をついた。

カバンから弁当箱を取り出し、自分の部屋を出てダイニングに向かう。ダイニングと繋がるリビングからはテレビの音とお父さんの寝息が聞こえた。テーブルの上にはラップがかけられた夕ご飯が置いてあった。それをレンジで温め直す間に明日のお弁当のメニューを考える。私の日課だ。冷蔵庫を開けて、なににしようかと思案している間に「ピーッ」と機械音が鳴る。

ひとり、ダイニングテーブルに座って夕ご飯を食べ終えると、食器と弁当箱を洗ってお風呂に入った。

最近の家での唯一の楽しみは、先日買った『面白い日本史』という本を眠る前に少しだけ読むことだ。巻末の索引から大阪城を探して、お目当てのページを開く。

「安土桃山時代に豊臣秀吉《とよとみひでよし》によって建築。別名、錦城《きんじょう》とも言う……へぇー、別名なんてあるんだ」

呟きながらパラパラとページをめくる。だんだんと眠くなってきたので枕元に本を置き、目覚まし時計をセットして目を閉じた。

明日、佐藤さんに謝らないとな。結局今日は、三ヶ栄さんと話していたらいつの間にか閉店の時間になっていた。片付けを全部佐藤さんにお任せしてしまったから。そんなことを考えていると睡魔がやってきた。

＊＊＊

次の日、お弁当をつくっているところにお父さんたちが起きてきた。昨日の夜リビングで寝ていたお父さんだけど、夜中にちゃんと寝室に行ったらしい。

「おはよう」

「おはよう、お父さん。寝癖ついてるよ」

小さく笑って、自分の後頭部をさすって場所を教えた。

「おはよう、天音ちゃん」

「お、おはよう」

そっと目線をフライパンに戻し、たどたどしく答えた。ドキドキと嫌に鼓動が早くなる。

「お弁当なら、私がつくるのに」

申し訳なさそうに、そして困ったふうにそう言われて、私は言葉を詰まらせた。その空気に耐えきれずいそいそと弁当箱におかずを詰めてキッチンを出た。自分の部屋に駆け込み、ふーっと息を吐く。

「だめだめだなあ、私」

そう呟いて、顔を顰めた。どうしてもっとうまくできないんだろう。

早めに家を出よう、とお弁当袋を学生カバンに詰めて、ブレザーを羽織った。

＊＊＊

「神谷。これお前んちの妹に。こないだ言うてたやつ」

土曜日は朝から『やくふご』に出勤する。私が店に到着すると佐藤さんはすでに作務衣に着替えて店の掃除をしはじめていた。そして、私がバックヤードに入ろうとすると、紙袋を渡してきた。

「わあ、ありがとうございます」

中を見るとかわいらしい洋服が数着入っていた。

「それ、なんですか？」

そんな私の様子を見て、文机の前に座っていた三ヶ栄さんは目を瞬かせて尋ねた。

「神谷に妹がいるって聞いたから、俺の妹の着なくなった服、譲ったんです」

私に代わってそう言った佐藤さんに、同調するように頷いた。

「佐藤さんの妹さん、すごくかわいいんですよ。この間、写真を見せてもらって」

「……へぇ」

あれ。私は三ヶ栄さんの反応に違和感を覚えた。いつもよりも低い声で相槌を打った三ヶ栄さんの微笑みは、どことなく冷たかったのだ。

「三ヶ栄さ……」

「僕、お教室の準備してきます」

私の呼びかけをさえぎり、見ていた帳簿を閉じた三ヶ栄さんは、すっと立ちあがって呼びとめる間もなく暖簾をくぐり二階へあがっていった。今日は土曜日なのでなんの教室もないはずなのに、変だ。

取り残された私は、ぽかんと間抜けな顔で暖簾のほうを見ていた。

「私なにかしました？」

黙々と反物を並べていた佐藤さんにおそるおそる尋ねた。佐藤さんは私を一瞥し、小さく首を振った。

「いや」

「だったら三ヶ栄さん、どうしたんだろ」

不安げにそう呟いたのが聞こえたのか、佐藤さんは苦笑いしながら言った。

「店長代理なら今頃、簞笥《たんす》に頭をゴンゴンぶつけながら反省してる」

「ゴンゴン、ですか」

「ああ……ゴンゴン」

自分で言っておきながら面白かったのか、佐藤さんはぷっと吹き出した。私はさらに困惑して首を傾げた。

「それにしても神谷は疎《うと》すぎる」

「え？」

広げっぱなしになっていた反物を巻きながら、佐藤さんは少しあきれたように言い眉間にしわを寄せた。

「佐藤さんは三ヶ栄さんの考えていることがわかるんですか？」

「いや、知らんけど」

無表情でバッサリとそう切り捨てられた。

「俺、そんなに親切やないし」

佐藤さんのそのひと言に首を捻る。「それより早く着替えてこいよ」と指摘され、慌ててバックヤードに入った。


結局、三ヶ栄さんが店に戻ってきたのは閉店間際の時間だった。なんだか気まずくて、店の中には沈黙が流れていた。

「店長代理、これどうぞ」

佐藤さんは濡れたハンドタオルを三ヶ栄さんに手渡した。

「佐藤さんって、じつはすごく意地悪ですよね」

少し唇を尖らせた三ヶ栄さんはそう言ってそれを受け取った。それを当てるために長い前髪をかきあげてハンドタオルを額に当てる。ちらっと見えた額は、額が少し赤くなっていた。

「店長代理と同じです。俺だって誰にだって無条件で優しいわけではないので」

淡々とそう言った佐藤さんは私のほうをちらりと見てから、「着替えます」と奥へ引っ込んでいった。

「天音さん」

「は、はい！」

突然名前を呼ばれて、うわずった声で返事をしてしまった。

「明日、九時でいいですか、待ち合わせ」

困ったように眉をさげてにこりと微笑んだ三ヶ栄さんを見て、よかった、いつもの三ヶ栄さんだ、とほっと胸を撫でおろした。

「はい、楽しみです」

私も微笑んだ。

「うん、僕も」

三ヶ栄さんは嬉しそうにそう言った。


明日の三ヶ栄さんとの約束に胸を躍らせながら『やくふご』を後にする。自宅に着き玄関のドアを開けると、火がついたように泣き喚《わめ》く声が聞こえた。慌てて靴を脱ぎ家にあがるとリビングで妹の幸音が号泣しているのを見つけた。

「幸音《ゆきね》！　どうしたの」

カバンを置いて抱きあげると、幸音の体が熱いことに気がついた。気持ち悪い、とぐずりながら泣きじゃくる幸音。どうやら熱があるらしい。

「誰もいないの？」

その背中をトントンと優しく叩きながら幸音の部屋に入りベッドに寝かせた。そのとき、玄関からガチャガチャと音がして、誰かが帰ってきた様子がうかがえた。その足音はこちらに近づいてきた。

「あ、おかえり。ごめんね、すぐそこのコンビニまで冷却シート買いに行ってたの」

「あ、ううん。大丈夫」

私はそっと視線をそらして幸音の頭を撫でた。申し訳なさそうな表情を浮かべているのが、背中越しにもわかった。

「あ、夕ご飯まだなの」

そう言われて、幸音の頭から手を離す。

「私つくるよ、幸音についててあげて」

早足で部屋を出て自分の部屋へ飛び込んだ。溜息をつくと共に、自然と力が入っていた肩の力を抜いた。

＊＊＊

「嘘、でしょ」

翌日の朝。ベッドから起こした体が妙にだるいことに気がつき、額に手を当てて大きな溜息をついた。幸音の熱風邪がうつったのかもしれない。

　バタッとベッドに倒れ込むようにまた寝転がり、ベッドサイドの目覚まし時計を手に取って時間を確認した。

「六時……あと三時間か」

　今日、とても楽しみにしていた。なんだか最近は三ヶ栄さんとの間に気まずい空気が流れていたから、その関係をまたよくするためにも今日はどうしても行きたいのだ。

　重い体を起こして、机の上に置いてあったポーチに手を伸ばす。常備している風邪薬を水で流し込む。机の上にある鏡を覗き込むと、ひどい顔色をした自分が映り、思わず苦笑いを浮かべた。

「メイク、得意じゃないんだけどな」

　ファンデーションで顔色をごまかせるかと思い、普段はあまり使わないメイク道具を取り出した。


　九時に大阪城公園前駅に待ち合わせる約束をしているので、その一時間前に家を出た。電車に乗るため改札口へ続く階段をのぼっている途中、目の前がぐるりとまわり、とっさにしゃがみ込んだ。

「おいおい姉ちゃん、大丈夫か？」

　五十代くらいのおじさんが私の二の腕をつかんで立ちあがらせてくれた。なんだなんだ、と周囲の人の視線が集まってくるのを感じて、慌てて頭をさげてお礼を述べた。

「すみません、大丈夫です。ありがとうございます」

「あんた、具合悪いんやったら病院に行きや」

ぶっきらぼうだけど優しさを感じさせる大阪のおじさんだ。

「は、はい」

もう一度お礼を言って、足早に立ち去った。

待ち合わせの駅に着いたのは、約束の十分前だった。大阪城公園前駅の改札口を出たところに、三ヶ栄さんが立っている姿を見つけた。いつもと同じとても似あう和服姿だ。

「おはようございます、三ヶ栄さん」

後ろから声をかけると、ぴくりと肩があがって三ヶ栄さんはゆっくりと振り返った。

「おはよう、天音さ……」

三ヶ栄さんは驚いたように固まって私の顔をじっと見る。そしてすぐにいつもどおりの笑みを浮かべる。

「いつもとちゃうくて、ちょっと驚いてもうた。かわいいやん」

すぐに顔に熱が集まり、頰が赤くなるのがわかった。俯いて「ありがとうございます」と小さな声でそう言った。三ヶ栄さんの言葉に少し体調もよくなった気がした。やっぱり少し無理してでも来てよかった。

三ヶ栄さんが後頭部を掻きながら「ほな、行こか」と歩きはじめた。私ははい、と微笑み隣に並んだ。

「じつを言うと、僕も大阪城のぼるの久しぶりやねん。小学五年生の遠足以来やな」

「あ、そうなんですね。いつでも来られると思うとなかなか行かないものですよね」

「そうそう、通天閣も大阪城も、地元民はあんまり行かへん。人多いし」

私も地元の観光名所は行かなかったなあ、と引っ越す前のことを思い出して小さく笑った。

「大阪城公園って、結構いろいろあんねんで。生演奏会場もあるし、野球場、弓道場もあるんや」

懐からパンフレットを取り出した三ヶ栄さんは、大阪城公園の地図を見せてくれた。そこには天守閣を中心として修道館や迎賓館などが載っていた。私がいつも通っている飛騨の森もある。

駅から大阪城ホールの横を通り過ぎ、北外堀と東外堀の中間に位置する青屋門《あおや》をくぐれば、石垣と木々の隙間から大阪城の青銅色の屋根が見えた。

「こうしてちゃんと見ると、やっぱり立派できれいですねぇ」

感心して私が言うと三ヶ栄さんは「せやなあ」と続けた。

「まあ、何回も建て直してるけど」

たしかに、と笑ってしまった。今建っている大阪城は改築と修繕を何度も何度も繰り返して、つくられている。

「あの橋を渡って、内堀を越えるで」

キラキラと水面が光る内堀の奥には、ぎっしりとつまれた石垣の上に大阪城が見えた。

白っぽい木でできた橋は本丸北端の山里丸《やまざとまる》と二の丸を結ぶ橋だ。写真を撮りながら外国人観光客が何人か歩いていた。

「『極楽橋《ごくらくばし》』って言うねん」

「極楽橋。渡れば極楽に行ける、とかいういわれがありそう」

「おお、さすが天音さん」

嬉しそうにうんうんと頷きながら、三ヶ栄さんは笑った。

極楽橋を半分ほど渡ったところで三ヶ栄さんは木の手すりから身を乗り出して大阪城を指さした。日に照らされた金箔《きんぱく》の部分がキラキラと輝いていて、とても美しい。

「この大阪城はな、太閤《たいこう》はんだけじゃなくてな、徳川家とも関わりがあるねんで。それはのちほどじっくり説明するな」

太閤はんとは、もちろんこの大阪城を築いた豊臣秀吉のことである。大阪城の中に入るといつもの観光ガイドさながらの三ヶ栄さん歴史講座がはじまるのだろう。私がわくわくしていると、三ヶ栄さんはクスリと笑う。

「城の中見て、がっかりせんといたってな」

「え？」

「まあ、それはあとのお楽しみとして」

三ヶ栄さんはクックッと喉の奥で笑うと、また歩きはじめた。がっかりする、ってどういうことなんだろう？　首を傾げながら、三ヶ栄さんのあとを追った。

「さあ、天守閣や。頑張って階段のぼるで」

入り口でお金を払い、私たちはゲートをくぐった。

そびえ立つ大阪城を真下から見て、その大きさと立派さに息をのんだ。石垣に挟まれた階段を少しのぼると、四本の木の柱に支えられた小屋のようなものが見えてきた。

「天音さん、これは井戸や。この天守閣前の井戸はな、『金明水井戸屋形《きんめいすいいどやかた》』言うて、重要文化財にもなってるんやで。徳川大阪時代のもので、ほら、屋根を見てみぃ、徳川の葵の御紋が彫られてるやろ」

「わ、ほんとだ！」

大きく頷き、井戸屋形をじっくりと眺めた。

「さあ、お待ちかねの大阪城やで、天音さん」

井戸屋形を過ぎるといよいよ大阪城天守閣だ。

「なんだかドキドキしますね」

期待で胸を膨らませ、私は大阪城に足を踏み入れた。

「え」

私はぽかんと口を開けてそれらを見た。そこにあるのは、ひと言で言うならば〝近代化〟だ。人で賑わうお土産ショップが立ち並び、外国語対応のインフォメーションセンターやミュージアムショップ、シアタールーム。想像とかけ離れていた城内に、私は間抜けな顔で三ヶ栄さんを見た。三ヶ栄さんは苦笑いを浮かべていた。

「まあ何度も建て替えられたし、観光名所やから」

「ちょっと、いや、かなり驚きました。勝手に木張りの廊下や、畳の和室を想像していたので」

「うん、やろうな」

三ヶ栄さんがクスクスと笑ったのにつられて、私も笑った。なんだか拍子抜けだ。

「全方向移動可能昇降機もあるねん。僕のおすすめは、これで一旦上まであがってから階段でゆっくりおりてくるって方法やな」

「エレベーターまであるんですか！」

私の反応が面白かったのか、せやねんと三ヶ栄さんは笑いながら言った。びっくり、かなりびっくりだ。

「僕おすすめの方法でのぼるのでええ？」

「あ、はい。たしかに階段で上までのぼるのはキツそうですもんね」

苦笑いで頷きエレベーターに乗り込んだ。エレベーターがゆっくりと動きはじめて、三ヶ栄さんが口を開いた。

「秀吉が築いたこの大阪城が、豊臣家滅亡とともに落城したのは知っとる？」

「はい、大坂夏の陣ですよね？」

前に読んだ歴史の本のおかげですんなりと三ヶ栄さんの話についていくことができた。

そうそう、と楽しげに頷いた三ヶ栄さん。

「その後、江戸時代になって徳川将軍の秀忠《ひでただ》と家光《いえみつ》が二代にわたって工事をしたんや。豊臣時代をはるかにしのぐ壮大なものを再建してんけど、この徳川の大阪城はな、なぜかたびたび落雷に遭うねん」

少し声色を変えてトーンを落として話しはじめた三ヶ栄さんに、少し嫌な予感がしてゴクリと生唾を飲み込んだ。

「ちょっと雷が落ちた、って規模じゃないで？　徳川四代将軍の家綱《いえつな》時代にあった落雷なんかはめっちゃすさまじくてな。雷が火薬庫へ落ちたんや。そのせいで城の四分の一が吹っ飛んだんやて。その被害は城下にまで及んで大勢の死者を出したんや」

「な、なんか怖いですね。まるで雷が意思を持っているみたいで」

私がそう呟くと三ヶ栄さんは唇の端を少しあげて薄い笑みを浮かべた。ゾワッと背中に寒気が走って、慌てて口を開く。

「ど、どうして雷が大阪城にばかり落ちたんでしょう」

三ヶ栄さんはその表情のまま黙っている。思わず私も口を閉じた。

「……豊臣の怨念って、噂《うわさ》やね」

頬を引きつらせたと同時にエレベーターが止まり、ゆっくりと扉が開いた。

「まあ、そのおかげでこの近代化された便利なお城になったわけや。さ、気を取り直してどんどん行こか」

私の背中を押す三ヶ栄さんに、私は苦笑いを浮かべた。

「ほら、天音さん」

三ヶ栄さんに手を引かれ、外の展望台に出た。目の前に広がる光景に私は感嘆の声を漏らした。

「うわあ！」

三六〇度景色が見渡せる八階の展望台。下を見ると常緑樹、朱に色づいた葉が堀の水面に映りキラキラと輝く。大阪歴史博物館や大阪城ホール、クリスタルタワーも見えた。

「ええ眺めやなあ」

「はい、本当に」

「ほら天音さん、こっちからやったら鯱《しゃちほこ》がよう見えるで」

そう言われ、手を引かれて三ヶ栄さんの横に立った。手の届きそうな位置に大阪城のてっぺんにある金の鯱。それに驚く間もなく、肩にトンと置かれた三ヶ栄さんの手に私の全神経が集中した。

「お、大阪城なのに金の鯱って、変な感じがしますね」

私がそう言うと、三ヶ栄さんは「え？」と不思議そうな顔をした。

「金の鯱といえば、名古屋城じゃないんですか？」

「たしかに金の鯱といえば名古屋城って思うかもしらんけど、鯱に初めて金を施したんは、織田信長《おだのぶなが》の安土城天守とも、この大阪城天守ともいわれてるねんで」

三ヶ栄さんはにこりと笑って鯱を指さした。そうだったんだ！　と目を丸くした。やっぱり、私はまだまだ知らないことが多いみたいだ。頑是《がんぜ》ない子供のようにキラキラと瞳を輝かせた三ヶ栄さんは、スマートフォンのカメラで金の鯱を連写しはじめる。

「せや、天音さん」

突然手を止めた三ヶ栄さんは私の顔をじっと見た。

「今日は天音さんのこと、教えてや」

唐突にそう言われて、目を瞬かせる。私のことを？　三ヶ栄さんは視線をふっと逸らして、少し唇を尖らせた。

「佐藤さんよりも天音さんのこと知らんなんて、嫌や」

そう言われて、昨日の不機嫌な三ヶ栄さんを思い出した。それって、三ヶ栄さんが嫉妬してくれたってことなのかな。なんだかお腹の底がくすぐったいような変な感じがして頰が緩む。

ちょっと……嬉しいかも。

「えっと、わかりました」

私が頷けば嬉しそうに笑って視線を合わせる。展望台の手すりにもたれかかり、三ヶ栄さんは腕を組んでなにかを考えはじめた。

「ほな、質問。天音さんの妹さんって、名前なんて言うん？」

「幸音です。幸せの幸に音色の音で」

「幸音ちゃんかあ。いくつなん？」

「五歳です」

「結構年離れてるんやな。いろいろと大変やろ」

　そう言った三ヶ栄さんに、私の心臓はドクンと高鳴った。え、と思わず顔を引きつらせて動きを止める。……三ヶ栄さん、もしかしてなにか知っているんじゃ。

「幸音ちゃんのお相手するの、体力いるやろうなあって」

「あ……ああ。はい」

「でも、やっぱ五歳くらいはかわええよな」

　うんうんと頷く三ヶ栄さん。

「誕生日は？　それと血液型は？」

　矢継ぎ早に質問を重ねてくる三ヶ栄さんに苦笑いを浮かべる。

「誕生日は五月三十一日で、O型です」

「五月の三十一日。天音さんすごい、すごいで！」

　一層目を輝かせた三ヶ栄さんは私の肩に手を置いた。

「土方さんと誕生日一緒やん！」

「新選組の土方歳三さんですか？」

　じつは三ヶ栄さんと出会ってから少し新選組の本を読んだりしていたのだ。土方歳三は三ヶ栄さん憧れの大和男児だ。

「せや。土方さんの誕生日は旧暦で天保六年五月五日やねんけど、新暦では五月の三十一日やねん！」

すごいわあ、と何度も呟く。三ヶ栄さんが本当に嬉しそうに笑っているから、なんだか私まですごいことのように思えてきた。

「土方さんと同じ誕生日だったんですね、初めて知りました」

私がそう言うと、三ヶ栄さんはクスリと笑って優しい目をした。

「天音さん、どんどん浅葱色《あさぎいろ》に染まってきてるで。僕、ほんま嬉しいわあ」

「あ、浅葱色？」

「新選組好きの人たちは隊士の名前を敬称をつけて呼ぶねん。天音さん、自然に敬称を付けてたで」

そう言われればたしかに「土方さん」とすっと言っていた。それにしても新選組を好きになってきてるから「浅葱色に染まってきてる」って、三ヶ栄さんてばうまく言うなあ。新選組の代名詞ともいえる「誠」の隊旗の色、浅葱色とかけているんだ。

「ほんなら、好きな動物は？」

「好きな動物……鳥全般ですかね。食べるのも好きです」

ちょっといたずらっぽく言って笑えば、三ヶ栄さんもクスクスと笑った。

「僕も唐揚げとか焼き鳥とか好きやで。吹田《すいた》の商店街においしい唐揚げ売ってるお店あるねん」

いいこと聞いた。今度もっと詳しく教えてもらおうと心に決めた。そのとき、ひゅんと冷たい風が吹き抜け、ビクリと肩を縮こまらせた。

「そろそろ中に戻ろか。ほんで、天音さんの好きなことは？」

どうやら今日は本当に質問攻めの日らしい。苦笑いで「料理と、バードウォッチングです」と答えながら、八階展望台を後にした。

階段を使って七階におりた。

「七階は秀吉の生涯を描く『からくり太閤記』があるで」

三ヶ栄さんが指さした先にはジオラマ。小さな秀吉が動きまわっていた。

「尾張国の下層民の家の子供だった秀吉は、じつははじめ今川《いまがわ》家に仕えていたんやけども逃げ出してん。そのあとに信長に仕えて、頭角を現しはじめた」

「草履《ぞうり》の話が有名ですよね」

「そうそう、懐で温めたってやつ」

「なんだか、ゴマをすって出世したように思えますね」

そう言っては悪い気もするけれど、たぶん私以外の人もそう思うんじゃないかな。私が苦笑いすれば、三ヶ栄さんは楽しげに笑って首を振った。

「実際の秀吉は信長が認めざるを得なかったほどの天才やってんで。懐の逸話は秀吉の才覚のほんの一部や」

へえ！　と声をあげて目を丸くしたのは、私だけじゃなかった。いつの間にか、まわりには若い女性や老夫婦、外国人観光客などたくさんの人が集まっていて、三ヶ栄さんの話を聞いていた。

「秀吉は、はじめ、信長に馬飼いを命じられてん。でな、秀吉は時間さえあれば馬の体を撫でた。馬の毛はつやつやや。それが信長の目にとまり、草履取りを命じられた。そんで皆さんが知ってるその草履のくだりや。次に台所奉行や普請《ふしん》奉行になって、協調性のない職人たちをまとめあげたり、薪の費用を大幅に節約したりして、裏方として活躍したんやで。秀吉は実に細やかな心遣いができる人やったってわかるやろ？　そりゃ信長も認めるわけや」

ほおお、という声があちこちで聞こえた。お客さんの目がキラキラと輝いていて「ほかは？」と口々に言う。三ヶ栄さんは苦笑いを浮かべていた。

「あとは、城攻めのうまさでも有名やね。城のまわりを完全包囲して、物資流通をできなくさせて餓死寸前まで追いやって降伏させた『鳥取飢え殺し』。川に堤防を築いて、城ごと水浸しにした『高松城の水攻め』なんかも有名やね。秀吉は、猿って呼ばれてたけど恵まれない出生をものともせんと、努力と豊かな発想力で見事に出世したんや」

おお！　と感嘆の声とともに、拍手喝采が起こった。どことなく気まずそうな三ヶ栄さんは、苦笑いで頬を掻いた。

「『豊臣秀吉、天下統一』くらいしか知らなかったけど、君のおかげで勉強になったよ！」

「兄ちゃん、かっこええ顔して頭もええんか」

「すごいな！　お兄ちゃんがいたら、大阪城マスターになれるなあ！」

おじさんやおばさんたちから口々に褒められて、三ヶ栄さんは頬を赤くして照れた。その中にいた女子大生くらいの女の子たちのグループが三ヶ栄さんに近寄ってきた。

「あの、今からお時間とかありますか？」

「大阪城案内してもらえたら嬉しいなあ、なんて」

彼女たちはかわいらしい声で三ヶ栄さんにそう尋ねた。露骨に眉間にしわを寄せた三ヶ栄さん。

「ごめんやねんけど、僕、連れおるし」

少し素っ気ない態度でそう言った。

胸の内がモヤッとして、私は握り拳をつくった。眉間には自然に力が入っていた。

「……せっかくのデートですよ、もう行きましょう」

気がつけばそう口走っていた。三ヶ栄さんの手首をつかんで少し早歩きで階段をおりて下の階に向かう。大阪城の六階は回廊となっていて特に展示物もなく、五階まで吹き抜けになっているような構造だった。

足を止めてふう、と息を吐いた。

「天音さん」

三ヶ栄さんに名前を呼ばれて、私は自分の行動を思い出した。三ヶ栄さんのことを引っ張って、しかもデートって！

「天音さん」

もう一度名前を呼ばれて、少し気まずいながらも振り返った。

「天音さん、大胆やなあ」

意地悪い笑みを浮かべた三ヶ栄さんがそこにいた。頬が熱くなり、わかりやすく顔を背けてしまった。早足でその場を離れる。後ろから三ヶ栄さんの笑い声が聞こえた。

「ほら、天音さん。ゆっくり歩こうや、見逃すで」

三ヶ栄さんに腕をとらえられ、歩みを止めた。

「からかって堪忍。天音さんがあまりにもかわいくて、つい」

「って、またからかってます！」

まあまあ、と軽くあしらわれた。今日は三ヶ栄さんの掌の上で転がされている感満載だ。

四階へと続く階段のところで、中年の女性数名が警備員になにやら必死に訴えている姿が見えた。

「ほんまやって！　あそこにおる白のズボン履いた若い男が私の財布盗ってん！」

「ほんまやで、うちら見とってんから！」

「で、ですから、先程確認しましたように、あちらの男性は」

「ほな、うちらが嘘言うてるって言うん、あんた」

女性たちに一斉にぎろっと睨まれた警備員さんは身を縮こまらせて額の汗を拭っていた。

「どうかしたんですか」

それを見た三ヶ栄さんは警備員の人に声をかけにいった。

突然話しかけてきた三ヶ栄さんにも、鼻息荒く女性たちは事こまかに話してくれた。話は簡単だった。女性の財布が盗まれたらしい。

「あそこにおる白いズボンの男！　あいつが盗ったんやって！」

おばさんは、ジオラマが展示されているケースを覗き込んでいる白いジーンズを履いた男性を指さした。

「どうしてそう思うんですか？」

「だって、私あの人とぶつかってんもん！　ほんでしばらくして、財布ないことに気がついて」

「そうそう、そんときにすられたんやわ、きっと」

おばさんらは、うんうんと頷いた。

おばさんたちが言う、その白いジーンズを履いた人は大学生ふうの男性に見えた。銀縁のメガネをかけたおとなしく優しそうな雰囲気のその男性は興味深げに展示を見ながら歩いていた。パッと見て、悪いことをしそうな人には見えないけれど……。

「そんなに悪そうな人には見えないですね」

「ほんまに天音さんの心はきれいや、まっ白や」

思ったままを言うと、三ヶ栄さんは眩しそうに目を細めて微笑み、私の肩にポンポンと手をのせた。宙を見つめながら前にもこんなことがあったような、と思った。男性はぐるっと辺りを見まわしたあと、階段のほうへと歩いていった。

「ちょお、逃げんであいつ！」

「大丈夫ですよ、顔は覚えました」

それから三ヶ栄さんは、財布がなくなったときのことを詳しく聞きはじめた。

おばさんが言うには、こうだ。

カバンから財布を出したのは、大阪城の入り口で入城券を買ったときが最後。そして、私たちと同じようにまず八階展望台までエスカレーターであがって記念撮影をした。写真を撮るためのカメラをカバンから取り出したときは、まだちゃんと財布はカバンの中にあったらしい。そして一階ずつ下の階へとおりていき、このフロア、夏の陣の展示がされている四階で、携帯を出そうとカバンの中を探したときに、財布がなくなっていることに気づいた。

「男性とぶつかったと仰っていたのはどこでしょうか？」

「展望台やで。人もあんまりおらんしって思うて、よそ見ばっかりしてたらぶつかってもうたんや」

おばさんは顔を顰める。三ヶ栄さんは「わかりました」と頷いて、顎に手を当ててなにかを考えはじめた。

「カバンは手提げ型のものですよね」

「そうそう、ハンドバッグ」

おばさんは少し自慢げにハンドバッグを掲げた。ブランドのロゴマークがきらりと輝く、口の部分は開いた状態のカバンだった。

「なんとなくわかりました。それじゃあ、犯人をつかまえましょうか」

胸に手を当てて柔らく微笑んだ三ヶ栄さん。当たり前だが、私だけじゃなくおばさんたちも目を丸くした。


「見て天音さん！　豊臣時代、徳川時代の大阪城縮小模型やな。巧妙につくられてるわ」

写真を撮りたそうにじっと模型を見つめる三ヶ栄さん。三階と四階は撮影不可のため残念そうに眉をさげていた。

そうですね、とうわずった声で返事をしながら目だけをきょろきょろと動かした。視界に白いジーンズの男性の姿が入り、慌ててさっと目を伏せた。

「天音さん、余計に目立つって。そんながちがちに緊張せんと、落ち着いて。ほら、そういえば天音さん。新選組と大阪城の話、してないやん」

大事なことを忘れていた、とばかりに早口でそう言った三ヶ栄さんは近くの壁にそっと触れた。

「明治維新の要となった幕府側と新政府側の戦い、戊辰戦争はわかる？　そのはじまりは鳥羽伏見《とばふしみ》の戦いやねんけど、じつはそんとき、鳥羽伏見の戦いに沖田さんも近藤さんも参加してないねん」

　三ヶ栄さんは苦しげにそう言った。相変わらず、新選組の話になるとすぐに感情移入してしまうらしい。そんな三ヶ栄さんに、苦笑いを零しながら私は頷いた。

「沖田さんって最強剣士で有名ですよね」

　新選組の中では一番強くて、子供とよく遊んで、冗談を言う陽気な人。イケメン最強剣士というのはなんとなく聞いたことがあったから、興味本位で写真を調べたのはつい最近のことだった。

　ネットで検索するとかなり衝撃的な絵が出てきて驚いた。この人をイケメンと言ってもいいの？　と苦笑いした。

「まあ、最強剣士言うても、斎藤一《さいとうはじめ》さんや永倉新八《ながくらしんぱち》さんも沖田さんと並んで新選組内では有数の剣の使い手やってんで。でな、話を戻すけど、鳥羽伏見の戦いの前に近藤さんが肩を怪我してしまうんねん。思想のちがいで新選組を辞めていった人たちが、近藤さんを狙って撃ったんや」

　え、と首を傾げた。

　たしか新選組はすごく厳しいルールがあって、その中のひとつに「隊を辞めてはいけない」というものがあったはずだ。

「お、『局中法度』を知ってるようやな、天音さん。『一、士道に背くまじき事。一、局を脱するを許さず。一、勝手に金策致すべからず。一、勝手に訴訟を取り扱うべからず。一、私の闘争を許さず。右の条々あい背き候者は切腹申しつくべき候なり』」

スラスラと暗唱した三ヶ栄さんは局中法度は破ったら切腹になるんよ、と続けた。

三ヶ栄さんは切なげな表情を浮かべ、そっと目を伏せた。三ヶ栄さんは新選組のことになると饒舌になるし、表情も一層豊かになる。

「……まあ要するに、力を圧するには、恐怖を与えることが一番効果的ってことやな」

三ヶ栄さんは静かに目を閉じた。きっと、切腹で死んでいった隊士たちの死を悼んでいるんだろう。相変わらずだなあ、とその様子を苦笑いで見守る。

「ああ、それでな。近藤さんを撃ったんは脱隊じゃなくて、あくまでも分離という形で隊を離れた何人かやねん。『御陵衛士《ごりょうえじ》』と名乗って、新選組の活動と真逆のことをしてた。その中の人が近藤さんを銃で撃った。弾は肩を貫通や」

なるほど、あくまでも分離という形を取ることで問題が生じないよう新選組から離れたんだ。

「銃創《じゅうそう》のある肩で刀は握られへんから、その戦争のときは近藤さんは大阪城で沖田さんと養生してたんや。大阪城には新選組とも仲の良かった医者の松本良順《まつもとりょうじゅん》先生がおったしな。ああーっ」

突然、三ヶ栄さんは大きな溜息をついたかと思うと、もじゃもじゃの髪をガシガシとかきながら顔を顰めた。何事かと目を丸くしていれば、三ヶ栄さんは眉間にしわを寄せてとても真剣な表情で私のことを見た。

「あかん、天音さん。時間が足らへんねん！　新選組と松本良順先生のことも話したいし、御陵衛士も端折《はしょ》って話したからもっと詳しく説明したいし、それに‼　どないすればええねん！」

ぐしゃぐしゃと髪をを掻きながら、悔しそうにそう呟いた。その姿を見て思わずぷっと吹き出してしまった。そんな私に訝しげな表情を浮かべた三ヶ栄さん。

三ヶ栄さんって、本当に新選組のことが大好きなんだなあ、と改めて思った。

「なに笑うてんの。僕は本気で悩んでんねんで！」

口元に手を当ててクスクスと笑えば、三ヶ栄さんは唇を尖らせた。

「もう、ほんまに天音さんは。言うとくけど、御陵衛士の筆頭の伊東甲子太郎《いとうかしたろう》についていった元新選組組長の藤堂平助《とうどうへいすけ》さんの話は、聞いたら絶対に胸を熱くするで！　それに、土方さんが間諜として御陵衛士に滑り込ませた斎藤さんの話も重要や。というわけで今から財布泥棒つかまえるからな、天音さん」

「え？」

新選組の話を説明するのと同じテンションでそう言った三ヶ栄さんは、にこりと笑った。と、同時に背中にドンッと衝撃が走り私の体はふらついた。

「っと、危ない危ない。大丈夫？　天音さん」

三ヶ栄さんの胸元にとんっと頬が当たって、手がそっと背中に添えられた感覚があった。

転びかけた私は、三ヶ栄さんの胸元に飛び込む形でそれを免れたらしい。

「す、すみませんっ」

燃えるように熱くなった顔を隠すように俯きながら、慌てて飛び退くように離れると、その反動で今度は別の人にぶつかってしまう。

「すみません、大丈夫？」

「あ、はい。大丈夫で――あっ」

振り返ってその人の顔を見た。私たちが後をつけていた白いジーンズの男の人だった。

思わず声をあげてしまって、はっと口をつぐんだ。不思議そうに首を傾げる男性に、なんでもないとばかりにぶんぶんと顔の前で両手を振った。

「ほんま、ごめんな」

言葉のイントネーションからして大阪の人らしい。その人は小さく頭をさげ、私の後ろにある階段へと小走りで向かっていった。

……って、財布！

慌ててカバンを探ると案の定、高校の入学祝いにお父さんに買ってもらった財布がなくなっていた。

「ちょっと！」

男性を追いかけようと、そう声をあげたとき。

「逃がさへんで！」

叫ぶ三ヶ栄さんの声が聞こえた。声のほうに振り返れば、下の階へと続く階段付近で、二十代くらいの別の男性をガッチリと押さえ込んでいる三ヶ栄さんがいた。

なにがどうなっているの？　と目を瞬かせながら、成り行きを見守る。そして、いつの間にか駆けつけていた警備員さん数名と三ヶ栄さんによって、男はとらえられ、その男の自供により仲間と思われる男たちが五人現れ、つかまった。その中に白いジーンズの男がいた。

「離せや！」

白いジーンズの男は警備員さんに取り押さえられながらも鋭い目つきで三ヶ栄さんを睨んでいる。警備員さんが三ヶ栄さんがつかまえた男のズボンのポケットからいくつかの財布を取り出した。私の白い財布も交じっていて目を丸くした。ぶつかったのは白いジーンズの男だったのに、なんで他の人のポケットから出てきたのか。

「うちの財布！」

先程会話したおばさんが駆け寄る。探していた財布があったらしく、慌ててそれを手にしていた。

「見事な送球でしたよ、皆さん。まるで手品や魔術でも見ているような巧みさでした」

パチパチと拍手する三ヶ栄さんは口角をあげた。口元は笑っているのに、目の奥が笑っていないその表情。

「まず、白いジーンズのあなた。あなたは標的とする人にぶつかってカバンから財布を抜き取ったんですよね。ターゲットとなるのはカバンの口が開いている人。盗みやすいんでしょう」

　私のカバンもトートバッグでファスナーなどはついていない。三ヶ栄さんは私の財布を囮にしたのだ。三ヶ栄さんは巾着なので、囮には向かなかったのだろう。

「盗んだ財布は蹴球の送球の要領で次々に人へ人へとまわしていったんですね。万が一疑われても、財布を持っていなければ捕まらない」

　パスをまわすように、次の人へ次の人へと渡していく……たしかに、盗まれた人が疑うのはぶつかってきた男だけだろう。そうなると、犯人を捜し出すのは困難になる。

「標的がなにかに集中するような機会のある場所は盗難が多いんですよ」

　周囲の人も展示物を眺めているので近くで盗難があっても気づきにくい。

「ほんま、あんたらなにやってんの。ここは誠を掲げた志士たちが歩いてた聖なる地やねんで。あんたらみたいな大和男児の風上にも置かれへんやつらが屯《たむろ》する場所やない」

　すっと鋭い目を細めた三ヶ栄さん。すっかり萎縮していた白いジーンズの男の仲間たちは、より一層身を縮こまらせた。

「こんな聖なる地を、穢《けが》さんといて」

　鋭利な刃物のような鋭い目つきで、男らを見据えた。

　三ヶ栄さんが淡々と犯人らの手口を暴いていったが、私のほうは思い出したように突然頭が痛みはじめ目の前がかすんできた。こめかみを抑えながらなんとか立っていると、白いジーンズの男がその口を開いた。

「け、警察でもなんでもない素人が好き勝手言いよって！」

その言葉とともに、男が私のほうを見た。少しにやりと口の端をあげたかと思うと、警備員さんの腕を振り払って勢いよく駆け出した。逃げる間もなく私は突然男に肩をつかまれ、グラッと体が傾いた。男の腕が私の首にまわって、息苦しさに顔を顰める。

「天音さんっ！」

三ヶ栄さんの緊迫した声が聞こえたかと思うと、頭の奥がズキンと痛み、体が重くなった。そして糸がプツンと切れるように私の意識は遠のいていった。


はっきりとしない意識の中で、誰かの話し声が聞こえた。そして、コツコツと足音が近づいて来るのがわかる。大きな手がふわりと私の頭に触れた。優しい手つきで撫でてくれるその手は、どこまでも温かく、優しい。次第に意識は覚醒してきた。私はそっと目を開けた。ぼんやりと映るのは小さな照明のついた天井だった。

「天音さん起きたん！　僕のことわかる？」

次に視界いっぱいに映ったのは、端整な顔を歪めて眉をさげた男性の顔。

「三ヶ栄さん」

「あぁっ！　ほんまによかった」

三ヶ栄さんは私の頬にそっと触れて眉をさげたまま安心したように笑った。その瞳の奥がゆらゆらと揺れているのに気がついた。

三ヶ栄さん、泣いてるの？

「ここ病院やで。大阪城で天音さん倒れて、すごい熱で救急車で運ばれたんや」

嘘、と目を丸くした。

言われてみればあの男の人に首を絞められそうになったところから記憶がない。

辺りを確認すると腕には点滴の針が刺さっていて、ここが病院のベッドの上なんだとわかった。窓の外はもうまっ暗だった。壁にかけられていた時計の短針は十二の数字を指していた。

「天音さん、ご家族には」

「い、言わないでください！」

そう言って飛び起きたはいいものの目の前がぐにゃりと歪み、前屈《まえかが》みに倒れ込みそうになった。それを三ヶ栄さんが慌てて抱きとめてくれた。「大丈夫？」と心配そうに声をかけてくれた三ヶ栄さんの着物をつかんで首を振った。

「友達の家に泊まることになった、と連絡します！　お願いです、言わないでください」

「落ち着いて天音さん……」

困ったように頭をかいた三ヶ栄さんは私をそっとベッドに寝かせた。

「でも、心配しはるで。子供がどっかで倒れてるなんて、そんなん親にとったらおそろしいことなんとちゃうん」

「でも、それでもだめなんです。今妹が熱を出していて、私までこんなことになったら、迷惑を」

「しんどいときくらい、親に迷惑かけるとか、そんなん考えんでええやん」

そう言われて、ぐっと押し黙った。探るような三ヶ栄さんの視線に居心地の悪さを感じた。

「なあ、天音さん」

いつもよりも少し低めの声が、私の名前を呼んだ。三ヶ栄さんがこうなるときはいつだって、聞きにくい質問を聞こうとするときだった。私はこれから聞かれるであろう質問に身構えた。

「僕じゃ役に立たないかもしらへんけど、なにか力になれるんやったら天音さんを助けたい。だから、天音さんが抱えてるしんどいもの、僕に教えてくれへん？」

私の心臓がドクドクと鳴った。真剣な眼差しから目を背けることができずにいた。

これまでも、同じことを言ってくれた先生や友達がいた。

これまでも、「相談にのるよ」とか、「力になるよ」とか、いっぱい言ってもらったけれど、結局はどうにもならなくて、どうにもできない問題だと気がついた。皆話は聞いてくれるけど聞いたあとすぐに忘れてしまう。それの繰り返しだった。だから、いつの間にか誰かに助けを求めるのも諦めてしまったのかもしれない。

でも、でも。でも、この人なら……三ヶ栄さんなら、助けてくれるかもしれない。本当に私を、救ってくれるかもしれない。確証のないそんな思いが私の中に芽生えた。

　三ヶ栄さんの手が、そっと私の頭に触れる。それは朦朧《もうろう》とする意識の中でも感じていた、あの優しい手と同じだった。そのとき、私の中のなにかがぷつりと千切れた。堰《せき》を切ったように、ボロボロと涙が頬をつたった。

「お母さん……」

　私がそう呟けば、三ヶ栄さんは続きを促そうとニコリと微笑んで小さく頷いた。

「お母さんって、呼べなくて」

「そっか、天音さんは今のお母さんとは血の繋がりがないんやね」

　小さなその呟きもしっかりと聞き取った三ヶ栄さんは、私のひと言ですべてを理解してくれた。

「小学校四年生のときにお母さんが病気で死んで、翌年にお父さんが再婚したんです。そのときはまだ気持ちが追いつかなくって、でもお父さんの幸せもあるから時間が経てばちゃんとできるはずって思ってたのに」

「心が成長する敏感で不安定な時期にそんなことがあったなんて、ほんまにしんどかったやろうなあ」

　慰めるような優しい声に、より涙腺が緩んだ。

　妹ができるとわかったのはお父さんが再婚してすぐのことだった。幸音が生まれると一層、私は〝どうすればいいのか〟わからなくなった。少し前までの死んだお母さんとお父さんと私の三人暮らしとは家族の雰囲気がガラリと変わって、家にいても他人の家のように思えて、自分の居場所がなくなったみたいで。安らげる場所が、暖かい場所が、帰る場所がなくなったみたいで、すごく苦しくて悲しかった。

「お父さんは、『お母さんって呼んでほしい』って言うけれど。私のお母さんは死んでしまったお母さんなんです。でも今はちがっていて。私が『お母さん』って、呼べないから家族皆が傷ついているんです」

涙でぐちゃぐちゃに濡れた顔を手の甲で拭った。

「私、ただ居場所がほしいんです」

私が最後にそう言うと、沈黙が流れた。ヒクヒクとしゃくりをあげる私の声が個室に響く。掛け布団の上にポタポタと涙が落ちた。そんなとき、ぽふっと私の頭の上に大きな掌がのった。

「アホやなあ」

突然アホだなんて言われて、私は顔をあげた。そこには眉をさげて笑う三ヶ栄さん。

「天音さんの居場所ならたくさんあるやろ。学校も、『やくふご』も。もちろん天音さんの家だって、ちゃんとした居場所やん」

「でも、でも！　大阪に引っ越してきて新しい家に住むようになってから、私なんて邪魔でしかないんじゃないかって！」

新しい家でお父さんたちが楽しげに語らう姿を見て、私はその中に入ってもいいのかと疑問に思っていた。いつまでも私に遠慮気味の様子を見ていると、私がいると落ち着けないんじゃないかと思ってしまうのだ。幸音はお父さんと今のお母さんの子供だ。でも私はちがう。私の存在は、邪魔になっているんじゃないだろうか。

三ヶ栄さんの手が私の頭から離れ、そっと頬に添えられた。まっすぐ私を見てくれるその目から目を逸らすことができない。

「そんなわけあらへん、天音さんは大切な人や。天音さんのこと邪魔に思う人なんて、どこにもおらへん。皆から大切にされてる、愛されてる」

弓なりに細められた目が、頬をそっと撫でる手がどこまでも優しくてぐっと喉の奥が熱くなって、言葉が出てこなかった。

「家族って特別や、天音さん。どんなことも皆で一緒に乗り越えてこその家族やって、前にも言うたやん。いっぱいぶつかり。全部思うてること言うたり。怒って喧嘩して泣いて、ほんで最後に皆で笑えたらええ。それで全部帳消しや。唯一の家族や、ちょびっと喧嘩するくらいバチもなんも当たらんて」

三ヶ栄さんは、そう言って笑うと、「な？」と首を小さく傾げた。

私は、誰かにその言葉を言ってほしかったのかもしれない。たった一歩踏み出す勇気がなくって、誰かに背中を押してほしかったのかもしれない。

「つらかったなあ、天音さん」

三ヶ栄さんは両手を広げて、その手を私の背中にまわす。小さな子供をあやす様にぽんぽんと背中を叩いた。

「ひとりでよう頑張ったよ、ええ子ええ子」

こうして甘やかしてくれる人がいなくなったあの日から、私はずっと気を張り続けていたのかもしれない。誰かに甘えたくて、でもできなかったから意地っ張りになってしまったんだ。

「でも、いまさら私は」

その胸に顔を埋めながら、そう漏らした。私が意地を張り続けた時間は長かった。いまさらなにをどうしたらいいのかわからなかった。

「とりあえず今からお父さんに電話して、倒れて病院におることと、連絡せんで心配かけたこと、全部話して謝り。ほんでお母さんには明日の夕ご飯の提案でもしたらどないや」

ああ、この人は。三ヶ栄さんは。いつも簡単になんでも解決してしまうんだ。そしてたくさんの人がそれに救われてきた。

私は言われるがままお父さんに電話をかけた。三ヶ栄さんの言うとおり、とても心配していたらしくワンコール目で繋がって、第一声が「今どこだ！」だった。

数十分も経たないうちに、お父さんは車で駆けつけた。

「心配したんだぞ」

お父さんは駆け足で飛び込んできた。三ヶ栄さんは小さく会釈をして、病室から出ていった。

「母さんは幸音看《み》てるから来れなくて」

「……うん、わかってる」

お父さんはさっきまで三ヶ栄さんが座っていたパイプ椅子に腰かけてふーっと大きく息を吐いた。

「点滴終わったら帰っていいって。その……心配かけてごめんなさい」

「まったくだ。連絡つかないし、ついたらついたで倒れて運ばれたなんて」

不機嫌な顔をつくったお父さんに、私は肩を縮めた。お父さんはふ、と苦笑いを浮かべて私の頭に手を置いた。三ヶ栄さんの手よりもひとまわり大きいゴツゴツした硬い掌に、もう何年も触れていなかったことに気がついた。

「ごめんなさ――」

「ごめんな、天音」

もう一度謝ろうとしたそのとき、お父さんも同じように謝ってきて、言葉がかぶった。

どうしてお父さんが謝るのかと首を傾げた。

「再婚のことで、天音にいっぱい迷惑かけたな。まだ心の整理もつかないうちに新しいお母さんなんて」

お父さんが、苦しそうにひと言ひと言呟くように言った。その声が少し震えている。

「お母さんって呼んでやってくれなんて、ひどいよな。お父さんのエゴだよな」

「ちがう、私が悪いの」

私の言葉にお父さんは目を丸くした。

「ごめんなさい。最初はね、意地張って『お母さん』って呼べなかったの。私のお母さんはたったひとりで、『お母さん』って呼んだら私のお母さんの存在が薄れていってしまいそうだと思ったの。でもそれじゃだめだって、皆悲しませるってわかってた。でもね、なかなか呼べなかった……ごめんなさい。呼べないままどんどん時間が経って、もっと呼べなくなって」

お父さんは黙って聞いてくれた。

「幸音を見てるとね、私が『お母さん』なんて……呼んでいいのかなって……三人の邪魔に……なるんじゃないかって思って……」

嗚咽《おえつ》を漏らしながら、途切れ途切れで伝えた。

「幸音の名前を決めるとき、『音』という字は絶対入れようってふたりで決めていたんだ。なぜだと思う？」

突然、お父さんはそんなことを言った。わからないと首を振れば、お父さんは柔らかく笑った。

「お姉ちゃんの天音みたいな幸せそうに笑う子に育ちますように。この子の幸せの音が、笑い声でありますように」

幸音、幸せの音。幸音の音は、天音の音。

ふたつの名前がつながった瞬間、私はまたくしゃりと顔を歪めた。そして、うわあああ！と子供のように声をあげて泣いてしまった。

私はこんなにも大切に、大事にしてもらっていたんだ。

「家に帰ろう、天音」

私の頭をそっと撫でたお父さんは、立ちあがってそう言った。

「……まだ点滴終わってないよ」

「ばか、そこはノリで頷くんだ」

少し不服そうな顔をしたお父さんがそうボヤく。ふふ、と私は小さく笑って頷いた。

＊＊＊

翌日、月曜日。点滴の効果は絶大で、すっかり熱がさがった私は、いつもならそろそろ家を出ようかという時間に目が覚めて、文字のごとく飛び起きた。最悪だ！　と心の中で叫びながら階段を駆け下り、キッチンに飛び込んだ。

「あ……お、おはよう」

「おはよう。熱さがった？　学校行くならと思って、お弁当つくっておいたよ」

〝お母さん〟は、テーブルの上のお弁当箱を指さしながらニコリと微笑んだ。私が頷いたのを確認してから、またフライパンに向き直ろうと体を動かした。

くった。

「あ、あのね！」

私の大きな声に驚いて、目を丸くしながら振り返った。三ヶ栄さん、勇気をください。心の中でその名前を繰り返し呼んで、ぐっと握り拳をつ

「お、お弁当ありがとう。わっ、わあ！　卵焼き入ってるんだね、卵焼き好きなの、嬉しいな。寝坊しちゃったから、助かったよ！」

お弁当を覗き込みながら、きょろきょろと視線をさまよわす。あきらかに不自然な行動に、私自身も苦笑いする。落ち着け私。こんなことが言いたいんじゃないでしょ。お弁当箱を机の上に置きながら、すっと息を吸って吐き出し、まっすぐ目を合わせた。今までにないくらいにバクバクと鼓動が速くなる。きつく握った拳が小刻みに震えた。

「そ、それとね。今日の夕ご飯は、唐揚げが食べたいな！　……お、お母さん！」

より一層目を丸くしたお母さんは、その手から菜箸を床の上に落として、両手で口元を覆った。その目の奥はゆらゆらと揺れて、今にも涙があふれだしそうになった。

「わかった、今日は唐揚げにしよう。……天音」

私も目を見開いて、お母さんを見た。柔らかく微笑んでいるお母さんの顔がぼやけて見えた。

今、「天音」って呼んでくれた。優しい声で私の名前が呼ばれて、胸の奥がじんわりと温かくなるような感覚に、泣きそうになった。にこりと微笑んだお母さんは、手早くお弁

当箱を布で包んで私に手渡した。

「ほら、遅刻するよ。天音！」

「え、ああ！　行ってきます」

「行ってらっしゃい」

背中をとんと押されて、その勢いのまま玄関を飛び出した。ひゅう、と木枯らしが吹き抜ける。今まで、寒くて凍えそうだった朝が今日はなんだか温かい。幸せに包まれた朝に、胸が熱くなった。街路樹の木漏れ日に目を細め、私は緩む頬をパチンと叩いた。

今日はアルバイトが終わったら、早く家に帰ろう。そう心に決め、また頬を緩めた。


放課後、『やくふご』に着いて早々、私は三ヶ栄さんに深く頭をさげた。

「ご迷惑をおかけしました」

「ほんまにやで～。僕、天音さんのお父さんに『娘をこんな時間までフラフラさせるな！』ってぐうで殴られたし」

「う、嘘！」

「うん、嘘」

って、三ヶ栄さん！　うなだれる私に、三ヶ栄さんは楽しげにけらけらと笑った。

「でも、三ヶ栄さんのおかげで本当に、本当に」

最大の感謝を表す言葉が見つからずに言葉を詰らせれば、三ヶ栄さんは柔らかく微笑んでひとつ頷いた。

「頑張ったのは、天音さんや。〝ふく〟は自分で動かんと、手に入らへんからな」

「ごふくを私に、ですね」

「さあ、どやろな」

相変わらず『やくふご』のキャッチコピーの本意は定かではないけれど、もうどっちでもいいような気がした。

「そういえば、大阪城でのスリの犯人たちは」

「ああ、あの人らならつかまったで。でも、天音さんに危害を加えたやつらや！　一発かましたぐらいじゃ、この怒りは収まらへんけどな」

ふん、鼻を鳴らした三ヶ栄さんはぎゅっと拳を握って宙を睨んだ。

犯人のこと、殴ったんだ……。私のためだとわかったので、なにも言えなかったが。

「へえ、デート中にそんなことがあったんや」

黙々と反物の棚を整理していた佐藤さんがぼそりとそう言った。

「デ、デートじゃないですよ、ね？　三ヶ栄さん」

「なんや、ちゃうん」

また私をからかって楽しんでいる。

「三ヶ栄さん！」

三ヶ栄さんを軽く睨みながら、唇を尖らせた。

「それにしても、一番楽しみにしていた三階と四階の展示を見逃したのは残念でした」

「俺、大阪人やけど行ったことないわ」

私の言葉に佐藤さんがそう言った。やっぱり大阪の人って、大阪城にはあんまり行かないんだな。

「今度一緒に行こうか、神谷。案内してや」

「ひとりで行ってください」

すかさず少し冷たい物言いでそう言った三ヶ栄さん。天音さんは病みあがりですから」

佐藤さんは怪訝な顔をしたが、素知らぬ顔で反物の整理を続けていた。

「もう、三人で行きましょうか」

クスクスと笑いながらそう言うと、三ヶ栄さんと佐藤さんはお互いに視線を合わせた。

そしてふたりは小さく溜息をつく。同じタイミングだった。

「天音さんって、時々ほんまにえげつないよな」

「今回ばかりは同感」

ふたりでうんうんと頷きあう。意味はよくわからないけれど、なんだかんだで仲良しなんだな、と笑った。

ほのぼのとした夕暮れどき。ここで働きはじめてから毎日が幸せで、私にとっては大切な日々だ。

5　ごふくをあなたに

「はい、かしこまりました。お待ちしております」

そう言ってから私は、受話器をカシャンと元の位置に戻した。壁にかけてあるカレンダーに『キノシタ様、予約十五時』と書き込んでひとつ溜息を零す。

「木下さん、うちの太客さんやね。毎年お正月前には新しい着物を買ってくれはるねんなあ」

私の背後からカレンダーを覗き込んだ三ヶ栄さんは嬉しそうにそう言った。

「最近、来店予約が立て続けに入ってますよね」

息つく間もなくお客さんが来店し、電話がひっきりなしに鳴り続ける。そんな話をしているとまた電話が鳴って、今度は佐藤さんが受話機を取った。

「ついに和服の季節が到来したからやな」

「お正月に、成人式。あとは卒業式ですね」

そう言うと、三ヶ栄さんは苦笑いで肩をすくめる。

「卒業式の袴《はかま》なんかは借りる人が多いけどなあ。今は写真撮影も込みで安く借りられるし。一着持ってたら便利やのに、もったいないなあ」

残念そうに溜息を零す。

たしかに今は自分の着物を持っていない人のほうが圧倒的に多いだろう。管理も大変だし、着る機会も少ない。そういう私も自分の着物は持っていない。

電話対応を終えた佐藤さんが「百貨店からでした。担当の方が今週末ここへ来るそうです」と、カレンダーに書き込みながら言う。まだまだ忙しい期間は続きそうだ。

「そういえば、佐藤さん内部推薦決まったんですよね。おめでとうございます。卒業後はどこの大学へ進学されるんですか？」

ふと疑問に思って聞いてみた。

「関大」

関西大学！

京阪近辺で入試難易度の高い『関関同立』と呼ばれる大学のうちのひとつだ。ちなみに『関関同立』とは関西大学、関西学院《かんせいがくいん》大学、同志社大学、立命館大学の四つの大学のことだ。佐藤さんは関西大学へ内部進学ということは、付属高校に通っているということだ。本当に頭がいい人だ。

入試難易度は高いけれど、私も進学を考えるにあたって一応は関大が頭の隅にあった。

「そういえば、三ヶ栄さんの大学って」

「あれ、言うてなかったっけ。市大《いちだい》やで、大阪市立《おおさかいちりつ》大学。ここからやったら、環状線と阪和線使っても三十分で行けるから」

そういえば、この間石切神社へ参拝したときにそんなことを言っていた気がする。旅好きの店長であるお父さんに代わって三ヶ栄さんが店を切り盛りしている今、お店にすぐに行ける距離だとなにかと便利なんだとか。そういう理由で市大を選んでしかも受かってしまう三ヶ栄さんもすごい。

「そうそう、今度の土日に僕の大学で学祭があんねん。天音さん、おいでぇや。よかったら学内の案内すんで」

「学祭！　いいんですか？」

もちろん、と三ヶ栄さんは微笑んだ。

「俺も行きたい」

「なんでやねん。佐藤さんはもう大学決まってるやん」

神谷をひとりで行かせたくない、そう言って佐藤さんはちらりと私を一瞥する。私は迷子になりそう、とか思われてるのかなと苦笑いした。

「奇遇やね、僕も天音さんひとりきりやったら賛成せえへんよ。でも、その点は大丈夫や。僕がしっかりと天音さんについているし」

「へえ、そうですか」

静かに微笑みあうふたり。この雰囲気は仲がいいというものではない気がする。

「というわけで天音さん、大学の正門で待ち合わせな」

楽しみだなあと頬を緩ませていると、三ヶ栄さんがなにかを思い出したように「あ」と小さく呟いた。

「待ち合わせは昼過ぎでもかまわへん？　午前はちょっと用事があって」

「全然大丈夫です」

申し訳なさそうに眉をひそめた三ヶ栄さんに私は両手を振った。

「カノジョとまわるんですか」

「そんなんちゃいます」

佐藤さんのひと言に三ヶ栄さん即座に真顔で否定した。佐藤さんまで真顔だった。気まずい空気が流れているなあ、と感じながら私はぞうきんがけをした。

「あれ、そういえば天音さん。僕の絎台《くけだい》知らへん？」

きょろきょろと辺りを見回しながら三ヶ栄さんはそう言った。絎台とは、着物の袖などをくけ縫いにするとき、布がたるまないようにする道具のことだ。木製でL字型をしている。台座となる底辺部分は板状で、その一端から棒状の柱が垂直に伸びていて、柱の頂部は針刺しがのせられている。

どこやったっけ、と首を傾げるそんな姿に、私と佐藤さんは目を合わせてそしてぷっと吹き出して笑った。

「横にありますよ、店長代理の左側」

佐藤さんに少しあきれた声でそう言われて、「あ」と苦笑いを浮かべた。

「邪魔やったから退かしたの忘れてたわ。いつもある場所にないのって、困るな」

「店長代理がそこに置いたんですよ」

「……うん、せやねんけど」

紵台についている針刺しの部分をぽふぽふと軽く叩いた三ヶ栄さんは、肩をすくめた。

三ヶ栄さんは、漆塗りの重厚感のある紵台を使っている。少し前に、おばあちゃんに贈る着物をつくったとき、三ヶ栄さんの紵台を借りたが、細かい小さな傷はあったものの、とても大切にしていることがよくわかった。

「この紵台を使ってお客さんに〝ごふく〟を届けてんねやで」

「とても素敵ですね」

歴史と思いが託されてきたこの道具を使って生み出される着物は、特別なもののように思えた。

「あ、天音さんが今持ってるそのふたつの反物、僕にちょうだい」

「はい。素敵な柄ですね」

そう言いながらそれらを手渡す。三ヶ栄さんは、頬を緩めてその反物を広げた。

「菱菊って言うねんで。菱形には魔除《まよ》けとか厄除けの意味があるから、財布なんかの柄にも使われてることが多いねん。ほんで、こっちは立涌花菱《たてわくはなびし》。立ち昇る湯気をイメージした立涌と花菱を組み合わせたものや」

波線模様の間に、品のある色合いの花菱の文様が行儀よく並ぶ。

うっとりと眺める私に「ほんまに素敵やろ、きれいやろ」と相変わらずな三ヶ栄さん。

「その反物で仕立てるんですか？」

「うん、霧子さんの帯な」

帯もできるんだ、と目を丸くしていると後ろから肩を叩かれた。

「おい、神谷」

佐藤さんの少し素っ気ない声が私を呼んだ。振り返れば、眉間にしわを寄せた佐藤さんが暖簾の下からこちらを見ていた。

「喋ってないで、店の外掃いてきて」

「あ……すみません。お仕事中なのに」

片付け途中だった反物を棚に戻して、いそいそと立ちあがった。

「お邪魔虫め」

三ヶ栄さんがぼそりとそう呟いた。

「そっちこそ」

佐藤さんにはバッチリと聞こえたらしく、冷ややかな目を三ヶ栄さんに向けながらそう返した。いったいなんのことだろう、と考えながら私はちりとりとほうきを持って外に出て、いつものように店の前の掃き掃除をしたのだった。

＊＊＊

次の日、私は学校の教室で響ちゃんに相談をしていた。

毎日の恒例となったお昼休みのお菓子と座談会。私が三ヶ栄さんと佐藤さんの不仲が心配だと響ちゃんに言うと、響ちゃんはにやにやして私の肩を叩く。

「天音の取りあいやんそれ。いやん！　羨ましい！」

「そんなわけないでしょ。もう、真面目に聞いてよ」

唇を突き出して机の上に顎をのせる。聞いてる聞いてる、と言いながら茶色い丸い形をしたせんべいを頬張る響ちゃんに溜息を零した。目だけを動かしてお菓子のパッケージをちらりと見る。赤字で『満月ポン』と書かれている右下には丸くてかわいらしいウサギのイラストが描かれていた。

「まあ、これでも食べ」

響ちゃんは一枚取り出すと私に渡した。勢いよくばりっとかじる。思っていたより遥《はる》かに柔らかいせんべいで口いっぱいに醤油《しょうゆ》の味が広がった。

「わっ、これおいしい」

「せやろ。今はどこにでも売ってるけど、もともとは駄菓子屋さんが多かった大阪の下町にできた製菓会社のお菓子や。これはミックスジュースの次くらいに常識やな」

「ミックス……なにそれ？」

私が首を傾げたその瞬間、響ちゃんは目を見開き口をあんぐりと開けて私の顔を凝視した。周囲にいたクラスメイトでさえ私の顔を凝視している。

へ、変なこと言ったかな。

「あーさーは、ミックスジュース、ミックスジュース、ミックスジュース」

　突然響ちゃんが歌いはじめた。ミックスジュースという単語を繰り返し歌う。するとまわりにいたクラスメイトも同じように続きを歌いはじめて仰天した。

「こいつをぐぐっとのみほせば～」

「きょうはいいことあるかもね～」

　歌い終わったあとの一体感に満足げに笑うクラスの皆。私は響ちゃんをおそるおそる見た。

「なにって、ミックスジュース言うたら牛乳とフルーツをミキサーにぶち込んでガーッと混ぜたやつやん。ポイントは氷も一緒にミキサーに入れることや」

「あ、フルーツオーレのこと？」

「ちゃうちゃう！　フルーツオーレは果汁を牛乳で割るやつや。ミックスジュースは果肉入りやし混ぜる段階で牛乳を入れるし全然ちがう。それにしても、ミックスジュース知らんかったなんて人生の半分損してるで」

　熱弁する響ちゃんに同調するようにうんうんと頷くクラスメイトたちに、私はただただ苦笑いを浮かべた。

　放課後、『やくふご』で二階にある教室や普段はあまり使われていない作業部屋を無心に掃除していると、いつの間にか日はすっかり暮れていた。「天音さーん」と、私の名前を呼ぶ声が階下から聞こえ、私は急ぎ足で一階へおりた。いつもどおり文机の前に座っている三ヶ栄さんは、私の姿を確認しにこりと微笑んだ。

「佐藤さんはもう帰りはったよ。天音さん、今日はずっと上おったけど、そんなに汚れてた？」

「あ、いや……そういうわけでは」

歯切れの悪い答え方をした私に不思議そうな顔をし、そして不安げに顔を覗き込んできた。「悩み事？」と尋ねられ、相談のるでと心配そうな顔をさせてしまった。

「じつはミックスジュースが」

「え？」

ポカンとした顔で聞き返してくる三ヶ栄さんに今日の学校であった出来事をそのまま話した。その間三ヶ栄さんはずっとポカンとした表情のままだった。

「友達に『人生の半分損してるで』って言われたことが頭から離れなくって。いったいどんものなんだろうって気になって」

目を瞬かせた三ヶ栄さんは大きな溜息をついて額に手を当て俯いた。

「どないしたんかと思えば、ほんまに天音さんは……。ほら天音さん、着替えておいで。最近一気に寒なって暗なるのも早なってきたし、今日からは駅まで送るな」

三ヶ栄さんは立ちあがって、ほら早う、と私を促す。私は背中を押されてされるがままに暖簾の奥に押し込まれた。

「帰る準備できたら、声かけてな」と三ヶ栄さんが急かすように言うので、慌てていつも着替えをしている部屋に入った。前掛けの紐をするりと解いて、急いで制服に着替える。

着替えが終わって暖簾から顔を出しながら「お待たせしました」と声をかけると、三ヶ栄さんは文机でなにかを見ていた。とても集中しているようだ。そっと近くに寄って、背中越しに手元を見ると、八マスノートに大きく書かれたまだ幼い字の平仮名が並んでいた。三ヶ栄さんの教える書道教室の生徒が書いたものなのだろうか。私の影で手元が暗くなったことに気がついた三ヶ栄さんが振り返った。

「そのノートって、生徒さんのですか？」

「せやで。小学生の子の、宿題に出してた分」

赤ペンで丁寧に添削されているノートの隅には、かわいらしいシールが貼ってある。書道教室では硬筆も教えているようだ。

「大変ですね。嫌になったりしないんですか？」

「んー、どうやろ。ちびっ子らの面倒みるのはおもろいし、癒やされるし。まあ愚痴を言うとしたら、自分の時間がないってことやな」

たいへんよくできました、の判子をぽんと押した三ヶ栄さんは「よし」と小さく呟いて、ノートを閉じた。目頭を押さえて「んん」と唸《うな》った三ヶ栄さんは、ひとつ大きく伸びをした。そしてそばにきれいに畳んであった羽織を手に取り、立ちあがった。

「帰りは天満橋駅からやったよな」

微笑みながら確認するように尋ねられ、小さく頷いた。三ヶ栄さんは特になにも持たずに、外に出る。またお店に戻って来るつもりらしい。本当に忙しいんだなあ。眠る時間はあるのか少し心配になった。

外に出ると、冷たい風がびゅっと吹いていて肩を縮めた。もうすぐ十一月、本格的な冬がはじまる。

「寒いなあ。天音さん、筒状下半身衣やしめっちゃ寒そう」

お店の鍵を閉めていた三ヶ栄さんが、両腕をさすりながら私の隣に並んだ。たしかに、男の人から見るとスカートって寒そうに見えるのかもしれない。私は小学生からずっと年中スカートで過ごしてきたから、慣れっこだけれど。

「小学生の男の子の制服も、寒そうですよ。年中短パンで」

「あー、あれは寒い。大阪は小学校も制服が多いねん。公立の小学校とかは長い洋袴を上から履いてもええらしいけど」

たしかに大阪は公立小学校でも制服が多い。それにしても洋袴って。苦笑いをしながら相槌を打った。

「公立は、ということは三ヶ栄さんは私立だったんですか？」

「うん、中高一貫のな」

へえ！　と意外な事実に目を丸くした。

「赤煉瓦づくりのきれいな学校で、淀川《よどがわ》のそばにあってな」

三ヶ栄さんは当時のことを懐かしむように目を細めたが、あまり楽しそうな表情ではなく、複雑な感情を抱いている面持ちだった。つらい恋をした、なんて思い出があるのかもしれないなあ、と思う。

「窓から淀川がきれいに見れてな、皆授業中に思わずぼうっとしてしまうねん。そうなってる人らを見つけたら、『あいつ、淀川に流されとる』って、揶揄《やゆ》っとったわ」

「流されとるって」

ぷっと吹き出すと、三ヶ栄さんは嬉しそうに笑った。どうして大阪の人って、すぐにそんなことを考えつくんだろう。

「天音さんは学校楽しんでる？」

「はい」

素直に頷くと、柔らかな微笑みを浮かべて、三ヶ栄さんは満足げに頷いた。

「そうそう、淀川も……」

「新選組と関わりがあるんですね」

クスクスと笑いながら私がそういえば、三ヶ栄さんは少し頬を赤らめて「せやねん」と頷いた。

「まだ、新選組が『壬生《みぶ》浪士組』やった頃、大阪には悪いことをする不逞《ふてい》浪士たちが横行しとって、大阪への出張を命じられてん。このとき出動したのは当時局長やった芹沢鴨《せりざわかも》さんをはじめとする十人。その中には近藤さんや沖田さん、斎藤さんもいたんや。あ、そういえば局長の芹沢さんの話もしてないやん、これはあかん！　また今度じっくり説明するな」

　意気揚々とそう言った。三ヶ栄さんの新選組愛は相変わらずだ。

「まあ、それでやな。仕事を終えた彼らは、小舟に乗って淀川に夕涼みに出かけることにしてん。けど、川を下っていく途中で斎藤さんが急に腹痛をおこしてん。それで結局、舟をおりることになった。どんな相手にも臆さない寡黙な最強剣士も、腹痛には勝たれへん。面白い逸話やろ」

　斎藤一さん、新選組の隊士の中でも明治時代まで生き残っていた人のひとりだと、本で読んだ。寡黙で、忠順《ちゅうじゅん》な人だったらしい。

「なんだか、人間らしい一面がうかがえて、かわいらしいですね」

「せやろ！」

　ぷっと吹き出しながらそう言うと、三ヶ栄さんは嬉しそうに笑った。

　そんな話をしながらゆっくりと歩いていたけれど、すぐに天満橋の駅が見えてきた。

「ほな、ここまでで。また明日、天音さん気いつけてな」

　改札口まで送ってくれた三ヶ栄さんは足を止めて、片手をあげた。私はお礼を言って頭をさげ改札を通った。私の姿が見えなくなるまで三ヶ栄さんはニコニコと改札前に立って送ってくれていた。

＊＊＊

翌々日。

悦子さんと店番を交代し、剣道教室のため修道館へ行く三ヶ栄さんを見送ってから、私と佐藤さんはお客さんのいないタイミングを見計らって休憩タイムにした。

三ヶ栄さんが置いていってくれた京都の和菓子専門店『笹屋伊織《ささやいおり》』の代表銘菓どら焼きをつまむ。一般に知られているどら焼きとはちがった、円柱形をしているどら焼き。餡を包む秘伝の皮はモチモチっとした食感で優しい味がする。そこにほどよい甘さの餡。この皮と餡が絶妙なバランスをつくり出す。

「おいしいですねぇ」

目尻をさげてそう漏らせば、佐藤さんはくすりと笑った。

「店長代理から。『……どら焼きという名前は、その形が打楽器の銅鑼《どら》に似ていることに由来している、という説が有力だ。しかし、かの有名な武蔵坊弁慶《むさしぼうべんけい》がとある民家にて怪我の手当てをしてもらったとき、そのお礼に小麦粉を水で溶いて薄く伸ばした生地を熱した銅鑼で焼き、それにあんこを包み、振る舞ったことがその名の起源という説もあるとか。どら焼きひとつにも面白い歴史が転がっているんですよ。素敵やと思わへん？』だそうだ」

すごく嫌そうな顔でどら焼きに添えてあった小さなメモを淡々と読んだ佐藤さん。最後に小さく溜息を零した。

「あの人はほんま相変わらずやな」

そう呟いた佐藤さんに、私は口元に手を当ててクスクスと笑みを零した。すると、佐藤さんは真顔でじっと私の顔を覗き込んだ。

「神谷って、店長代理のこと好きなん？」

唐突な質問に頭がついていかずに、間を置いて「ええ!?」と素っ頓狂な声をあげた。

「ど、どうしたんですか急に」

「なんとなく」

バクバクと速まる鼓動を感じながら、引きつった笑顔をつくった。

「で、どうなんだ」

どら焼きを頬張りながら、天気を聞くかのように尋ねてくる。

「あ、あの。こういった話は」

「好きか、嫌いか」

ゼロか一しか選べない質問なんてずるい。佐藤さんが答えを促すようにじっと私の顔を見た。しかし。

「やっぱいい」

佐藤さんは空のお皿とマグカップを手にして立ちあがった。

「え？」

「気が変わった」

私をちらっと一瞥して、バックヤードに戻っていく。私はぽかんと間抜けな顔で、その後ろ姿を見送った。

いったい、なんだったの？

「神谷、食べ終わったら表掃いてきて」

暖簾の奥から声が聞こえる。

「あ、はい！」

慌てて残りのどら焼きを口に入れた。

＊＊＊

文化の日。

三ヶ栄さんの大学の文化祭の日だ。午前十時、ＪＲ阪和線杉本町《すぎもとちょう》駅の改札口を出たところで、私は腕時計を見て悩んでいた。

「三ヶ栄さんとの約束は一時だし、お昼ご飯でも食べようかなあ」

遅刻してはいけないと、早め早めに家を出たのはいいが、早すぎたようで時間を持て余してしまった。カフェのようなものがないかと調べるためにスマートフォンをカバンから取り出したそのとき、ポンポンと背後から肩を叩かれ、振り返った。

「お嬢さん、一緒にお茶でもどない？」

見知った顔に思わず苦笑いを零した。

「突然でびっくりしました」

「いやあ、ごめんごめん」

私たちは近くにあったこぢんまりとしたカフェに入り、向かいあって座った。向かいに座る男性は、ぺしぺしと坊主頭を扇子で叩いて陽気に笑っている。暗い灰色の翁格子の着流しに、深紺色の羽織を合わせ、書生が被っていそうな洒落た帽子を合わせている。さすがのセンスだ。

「お久しぶりですね、店長」

「ほんまやなあ！　天音さん、一段と別嬪《べっぴん》さんになっててびっくりしたわ！」

目をアーチ状に細めて微笑んだ。初対面のときは全然似てない親子だと思ったけど、目を細めて笑うその表情は、三ヶ栄さんそっくりだった。紛れもなくその男性は『やくふご』の店長、三ヶ栄さんのお父さんだ。

店長と会うのはこれで三度目。一度目は、まりあさんの振り袖の依頼を店に持ち込んできたとき、二度目は三ヶ栄さんとおばあちゃんの家に行くので店番を頼んだときだった。

「この前はすみませんでした。パリ行きの飛行機、間に合いましたか？」

「パリ？　ああ、間におうたで。ちゃんとビッグ・ベン見てきたし」

そう言ってから笑った店長を私は少し訝しんだ。ビッグ・ベンといえば、イギリスのロンドンにある時計台の大時鐘しか思い浮かばない。大阪人のジョークなのかな。

「それにしても日本に帰ってらしたんですね」

「おお、昨日な。惣七の行事は欠かさず行っとるから帰ってきた」

そう言って笑う店長に私は微笑みを浮かべた。

「……あいつにはな、親が子供に当たり前にしてやることを、当たり前にしてやりたいんよ」

目を細めて遠くを見つめながらポツリと呟いた店長。

「おっと堪忍。こっちの話や。まあ、ほんであいつなにかおもろいことするらしいしな」

悪巧みがありそうな笑みで不敵に笑った店長。なんだか悪い予感がする。

「なんや、天音さんなにも聞いてないん？　あいつがなにするんか」

店長はなにかを想像して、ぷっと吹き出した。いったいなんのことだろう、と私は首を傾げた。三ヶ栄さんが、学祭でなにか出し物でもするということなのだろうか。続けて三ヶ栄さんとの待ち合わせ時間を尋ねられたので告げると、店長は楽しげにけらけらと笑った。

「なるほどなあ、そういうことか」

店長は意味ありげにうんうんと頷いた。そして時計をちらっと確認して、私の顔を見た。

「天音さん。惣七との約束の時間までは、俺とまわろか。おもろいもんが見れんで」

そうと決まれば、とパンと手を打った店長は、立ちあがった。

三ヶ栄さんの大学は杉本町駅を出て目と鼻の先にある。

三ヶ栄さんに会う前に学祭に来ちゃってよかったのかな、と私は少し不安になるが、店長は隣で満面の笑みだ。赤く色づいた木々が植えられた道を店長と歩き、手づくりの看板が掲げられた門をくぐった。

「屋内ステージやで、さあ行こか」

ウキウキ顔でパンフレットを広げる店長。もしかして本当に三ヶ栄さんが屋内ステージでなにかするのだろうか。こっちやこっち、とパンフレット片手に歩き出した店長を追いかけようとしたそのとき、誰かに背後から二の腕をつかまれて、動きを止められた。

「お嬢さん、俺たちと一緒に飲もうや」

耳元でそう呟かれ、背筋がゾワッと凍った。慌てて振り返れば、どこから現れたのか、男性が三人、私のまわりに立っていた。剣道部が着るような袴姿で腰には竹光と思われる模造刀を二本ぶらさげていた。

怖くなって店長に助けを求めようと思ったが、すでに姿が見えない。

「えっと」

お兄さんたちは酔っているのだろうと察し、私は苦笑いを浮かべた。

「あの、知人と来てるんで」

だからごめんなさい、と続けると、陽気に笑っていたお兄さんたちの顔が一変し、ひどく顰められた。

「ああん？　なに言うとんじゃ」

腹の底から出された低い声に、思わず萎縮した。どうしよう、と眉間にしわを寄せたそのときだった。

「まあまあ、まあまあ。おんしら、ほがぁに熱ぅならんでもええがや」

よく聞きなれた声がお兄さんたちの後ろから聞こえて、まさかと目を丸くした。お兄さんたちの肩に手をぽんと置いたその人は、普段は見せないようなにかっとした笑顔で現れた。

「許しとおせ」

少し長めのくるくる天然パーマの髪の毛は後ろでひとつに結いあげられている。少し崩したふうに着ている着物に継ぎはぎだらけの袴、足元はまっ黒のブーツ。腰にはお兄さんたちと同じく竹光がさげられていて、着崩した懐からはちらりと冷たく黒光りする銃の持ち手部分が見えた。

その人は私と目が合って、びっくりしたように目を見開いた。

「三ヶ栄さん……？」

思わず疑問形にして尋ねてしまった。

「いたぞ、坂本だ！」

どこからともなく聞こえたその声とともに、複数の足音が近づいてきた。そして、澄んだ空の色みたいにきれいな浅葱色の羽織がひらりと私の目の前で舞った。背中には『誠』

の文字。

「坂本さん、新選組が！」

先程私に絡んできたお兄さんたちが口々にそう叫んで、腰の刀を抜いた。

目の前で繰り広げられていることがさっぱり理解できないまま三ヶ栄さんを呆然と見る。

「坂本、お前も抜け！」

お兄さんにそう言われ、三ヶ栄さんはすべてを諦めたかのような表情をつくった。そしてきりっとした表情になり流れるように刀を抜いた。

「……わしの後ろにいとおせ」

その言葉が引き金となったかのように、ギィン！　と刀身同士が激しくぶつかりあい、剣戟《けんげき》がはじまった。

『誠』の羽織りを着た男性が振りおろした刀を、三ヶ栄さんは受け止めた。鍔《つば》迫《ぜ》りあいになり、相手が力任せに三ヶ栄さんの体を押して体勢を崩させたところを鋭い突きを放った。カンカンカンッ！　と激しい音、三ヶ栄さんはその鋭い突きを弾いた。

「へえ、僕の三段突きを防げたのはあなたでふたり目ですよ」

「おんしも、わしを崩せる力がある。やけど」

そう返した三ヶ栄さんは、相手を力任せに押して体勢を崩させ、足を引っ掛けて転ばせた。

「今回は逃げる！」

そう言って素早く鞘《さや》に刀を収め、振り返った三ヶ栄さんは私の手をつかんだ。

「走るで、天音さん！」

そしていつもの口調でそう言って、駆け出した。

袴姿とは思えないほど三ヶ栄さんの足は速く、どこかの建物の裏側まで走ってきた。

「あああ！　もう最悪や！　なんで天音さん早く来てしもたん！」

足を止めて握っていた私の手を離した途端、頭を抱え込むようにして三ヶ栄さんは座り込んだ。

「いや、わかってんねん！　近くで家庭用映像撮影機持って、ニタニタ笑うてるオトンがおった。天音さんは無理やり連れてこられたんやろ。でも、なんで来てしもうたんや。こんなん天音さんに見せたなかったのに」

重い溜息をついた三ヶ栄さん。なにがなんだかさっぱりわからないが、三ヶ栄さんが頭を抱えて落ち込んでいることだけはわかった。

「あの、さっきの人たち、三ヶ栄さんのこと『坂本』って」

私の素朴な疑問に、三ヶ栄さんはまた溜息を零し、懐から一枚の紙を取り出した。A4サイズのその紙には、新選組の隊服のように浅葱色のダンダラが描かれていて、達筆な字で『幕末 on STAGE』と大きく黒字で書かれていた。

近藤勇役、土方歳三役、沖田総司役……と書かれていて上から順に見ていくと、『坂本龍馬役……三ヶ栄惣七』を見つけた。

「『幕末 on STAGE』？　坂本龍馬役？」

「うわあっ、口に出さんといて！」

赤くなった顔を両手で隠した三ヶ栄さん。

そこでやっとわかった。先程私が絡まれたのも、目の前で突然剣戟がはじまったのも全部仕組まれたゲリラ寸劇だったんだ。「もう嫌や、恥ずかしすぎて死んでまう」と小さく丸まったまま三ヶ栄さんはぼそっと呟いた。そんな姿に私は思わずぷっと吹き出してしまった。

「店長が言ってたのって、このことだったんだ」

「せやで〜」

ははははっと陽気に笑う声が後ろから聞こえて、振り返ってみると店長が愉快そうに笑いながら歩いてきた。三ヶ栄さんは眉間にしわを寄せて、店長をじろりと睨んだ。

「余計なことせんといてくれへん」

「余計なことってなんや、余計なことって」

「そのまんまや！　小学校のときの運動会も、中学んときの授業参観も、高校んときの卒業式も。オトンが来たら絶対になにか問題が発生すんねん！」

額に手を当てて溜息をつく三ヶ栄さんに対し、店長は豪快に笑っていた。だんだんふたりのやり取りが微笑ましい光景に見えてくる。

「ああもう！　これで満足したやろ、はよ帰って」

「今のはただの宣伝も兼ねた寸劇やろ。まだ本番の『幕末 on STAGE』あるんやろ。ゆっくり鑑賞してから帰らせてもらいますわ〜」

そう言って、店長は、陽気に鼻歌を歌いながら踵《きびす》を返し去っていった。その姿がすっかり見えなくなってから、三ヶ栄さんは重い溜息をついた。

「あの、お昼までまだ時間もありますし、私もどこかで時間潰してきますね」

相当な落ち込みようである。私に演技を見られるのが本気で嫌なんだろう。私は本番を見ないほうがいいのだろうと思った。

「ちゃうちゃう！　ごめん天音さん。天音さんに見られたないから言うたんとちゃうねんで。いやその、恥ずかしかってん。坂本龍馬役が」

「って、恥ずかしがるポイントそこですか！」

思わずつっこんでしまった。演技を見られることが恥ずかしいのではなく、そもそも坂本龍馬役が恥ずかしいと。

私のツッコミに、三ヶ栄さんは不服そうに少し唇を尖らせた。

「だって、日々散々新選組愛を語っていながら、龍馬役って！　僕にとっては悲しすぎて禿《は》げそうや。たしかに坂本龍馬はすごい偉業を成し遂げた人や。でも、でもな！　僕、誰でもええから新選組を演じたかった」

私はもはや苦笑いしかできなかった。

「副長、土方さんの役なら、新選組のために鬼の面を被った彼の心の中の葛藤を。一番組組長、沖田さんの役なら、最強剣士として活躍した自身の最盛期と哀れで静かな最期を。総長、山南さんの役なら、愛しき人と新選組への熱い思いを誰よりもうまく演じてみせたのに。失敗配役や、これは！」

やっと立ちあがり、ぐっと握り拳をつくる三ヶ栄さん。そう思うやろ？　と同意を求めて私の顔を見るけれど、もう、なにも言えなかった。三ヶ栄さんは本当に、相変わらずだ。

「僕がなんで坂本龍馬役に抜擢《ばってき》されたか、わかる？」

三ヶ栄さんは、はあーと溜息をつき肩を落とした。私が小さく首を振れば、三ヶ栄さんは片手で後ろで結っている髪を触った。

「僕の髪がくるくるやからや！　なんでやねん！」

「あ、たしかに坂本龍馬って天然パーマのイメージありますもんね」

「ちゃう！　有名な坂本龍馬のあの写真は、寝起きで撮った写真やねん。寝癖でぼさぼさなだけなんや。僕のくるくると、龍馬のぼさぼさを一緒にせんといてほしいわ！」

勢いよくそう言った三ヶ栄さんは、ふんと鼻を鳴らして腕を組んだ。その姿が、小さな子供が些細なことで意地を張っているように見えて笑ってしまった。三ヶ栄さんはそんな私を怪訝な顔で見つめる。

「笑い事ちゃうで、天音さん。僕にとっては大問題や」

「はい、よくわかってます」

でも笑わずにはいられない。

「もう、僕の黒歴史や」

三ヶ栄さんの頭は抱えすぎて髪はぼさぼさになっていた。私は坂本龍馬みたいだと思ったが、口には出さないでおいた。


空がまっ赤に染まる頃、ふたり並んで大学からの帰り道を歩いていた。三ヶ栄さんは『幕末 on STAGE』の着物を着たままだった。もしかしたら洋服姿を見られるかも、なんて期待していたから少し残念だ。

「ほんまに嫌やってんで。でもあいつらが、『やくふご』の僕のつくった着物着て舞台やったるって言うからなあ」

「あ、抜かりなく商売してらしたんですね」

「当たり前やん」

大勢の観衆の前で着るもんやから、めっちゃ本気出したで、と三ヶ栄さんは満足げに笑った。『やくふご』には、結構リーズナブルなお値段の着物や小物も置いてあったりする。それらも使ったのだろう。

「それにしても、沖田さんのあの演技はどうも微妙やったなあ。もっとこう、ぐっと感情を入れてほしかったわ」

「あの医者の娘とのシーンですね」

病に倒れ、心も体も弱りきった沖田さんの最期。ひとり、養生する先で出会った医家の娘と話しながら、最期のときを迎えるというシーンだった。

「僕は、あなたのことが好きだったのかもしれない」と娘の手を握りながら、掠《かす》れた声でそう呟いた沖田さん。そしてポロリと涙を一粒たらし「近藤先生、元気かなあ……」と呟いて静かに息を引き取る、という台本で、私も思わず涙があふれた。

「沖田さんの恋の話はいろいろあるし、創作にもかかわらず、よくできてたけど……」

やはり新選組隊士の役に未練があったらしく、三ヶ栄さんは唇を尖らせてそう言った。

「じゃあ、三ヶ栄さんならあのシーンはどう演じますか？」

私がそう尋ねると、三ヶ栄さんはキョトンと目を丸くした。そして足を止めて私と向き合う。小さく微笑んだあと、目を閉じた。そしてゆっくりと瞼《まぶた》を開けた。

「僕は……なんて役立たずな、刀なんでしょう」

三ヶ栄さんが沖田さんを演じはじめる。

三ヶ栄さんの瞳の奥がぐにゃりと揺れた。途切れ途切れに、息を詰まらせながら言う。

痛む胸を押さえようとした手が、力なくだらりとおりた。

『役立たずだなんて、言わないでください。新選組にはあなたが必要で私にもあなたが必要です』

娘役のセリフが頭をよぎる。

「こんな僕を、必要……だと、思っ」

言葉が詰まって、げほっと大きく咳き込み、苦しげに息を吐いた。力の抜けた手がゆっくりと私の胸の前まであがってきて、私は思わずその手を握った。

「僕は……あなたが好きです」

そう言って微笑む表情は、どこか悲しげで切なかった。

三ヶ栄さんの、沖田さんが静かに目を閉じた。握る手の力が徐々に抜けていく。

「近藤先生、元気かなあ……」

そう言って、するりと私の手から三ヶ栄さんの手が落ちた。本当に、どこか遠くへ行ってしまいそうな気がして胸が騒ぐ。

「三ヶ栄さんっ！」

「わっ！　びっくりした、どうしたん天音さん」

閉じていた目を開けて、目をぱちぱちさせる三ヶ栄さん。突然大声で名前を呼んだ私を不思議そうに見た。そして慌てた。

「え、ちょ、どうしたん？　泣かんといて天音さん」

「え？」

言われて自分の頬に手を当ててると、たしかにそこは濡れていた。三ヶ栄さんは困ったように眉をさげて、自分の着物の袖で私の頬をこする。

「ご、ごめんなさい。あれ、なんでだろう。迫真の演技だったからでしょうか」

どうして急に。

「僕は……どこにも行かへんよ」

三ヶ栄さんは頭の後ろを掻いた。そして、そっと手を伸ばして私の頭の上にぽんとのせる。

「天音さんに泣かれたら、かなんわ」

眉をさげて笑った。そんな三ヶ栄さんに俯きながらぐすんと鼻をすすると、また一粒涙が零れた。本当に、私ってばどうしたんだろう。

「天音さん？」

優しい声で名前を呼ばれ顔をあげると、三ヶ栄さんと目が合った。三ヶ栄さんのきれいな手が私の頬の涙をそっと拭う。優しい頬笑みを浮かべた三ヶ栄さんに、まっすぐに見つめられて、心臓がドキドキとうるさく高鳴った。

頬に触れられるだけで、優しく笑いかけられるだけで、どうしてここまで胸が高鳴るんだろう。鼓膜を震わす三ヶ栄さんの声が、私の心を震わせて熱くする。体が奥底からじんわりと熱くなる。ふわふわとまるで雲の上にいる心地になる。すごく、すごく幸せな気持ち。

「天音さん」

また名前を呼ばれた。

どうして三ヶ栄さんはさっきのセリフを、「あなたが好きだったのかもしれない」ではなくて「あなたが好きです」って変えたのだろう。まちがえただけかもしれないけれど、私は……私は。

ひゅんと冷たい風が私の髪の毛を煽った。それなのに私の体は熱い。その熱に溶かされていくように体中にどんどん気持ちが広がっていく。耳が熱い、頬も、胸も。ああ、どうしよう。気持ちがあふれる。鼓動が速くなる。

……好きです。


ふと、遠くから子供の声が聞こえてその瞬間我に返った。

はっと三ヶ栄さんの顔を見た。夕日に照らされたその顔。少しまぶしそうに目を細めている。

私、今……なにを。私、三ヶ栄さんに今なにを言おうとした？

「天音さん？」

「あ、はい。ごめんなさい、ぼうっとしていました。なんでしたっけ」

慌てて返事をすると三ヶ栄さんはおかしそうに笑った。

そういえばな、と歩きはじめた三ヶ栄さんに続くように私も歩きはじめる。だけどまったく会話の内容が頭に入ってこない。上の空で相槌を打っていると突然横から頬を突かれた。驚いて三ヶ栄さんの顔を見る。

「どないしたん天音さん、さっきからなんか変やで」

「あ、えっと。なんの話でしたっけ？」

「だからな、『やくふごこ』の合鍵をつくってんけど、ええ隠し場所が見つからんくてさ」

楽し気な表情でそう話す三ヶ栄さんの横顔を見つめては体が熱くなる。

「あ。見て天音さん。きれいな紅葉や」

足を止めた三ヶ栄さんが空を仰いだ。つられるように顔をあげると、木からふわりふわりと落ちてきた紅い葉っぱが頬に当たった。三ヶ栄さんがくすりと笑う。

「『千早《ちはや》ぶる神代《かみよ》もきかず龍田川《たつたがわ》 からくれなゐに水くくるとは』ええ歌やね。まっ赤な紅葉が思い浮かぶ」

腰を曲げて落ち葉を拾った三ヶ栄さんはそれを夕日にかざした。

「天音さん。この歌はな、ただの紅葉の歌ではないねんで」

まぶしそうに目を細めていた三ヶ栄さんがこちらを向いた。ドクン、と胸が高鳴る。

「これはな、激しく切ない恋の歌なんや」

強い風が風が、ふわりと落ち葉を舞いあがらせた。

＊＊＊

翌日は雨だった。雨の中、傘をさして見慣れた建物を見あげる。

「暖簾、かかってない」

いつもなら、『やくふごこ』の字が書かれた紫色の暖簾がかけられているのに、店の中は電気すらついていなかった。臨時で休みになることはこれまでもなかったわけではないが、三ヶ栄さんが私にそれを伝え忘れることなんて今まで一度もなかった。

カバンの中を漁ってスマートフォンを取り出し、店と三ヶ栄さんにかけてみるがどちらもつながらない。悦子さんにも連絡したいけど悦子さんは携帯電話を持っていないし、家の電話の番号を知らない。どんどんと不安が募る。縋《すが》るような思いであの人にもかけてみた。

「もしもし」

「神谷？　どうしたん」

三コール目で出た佐藤さんは、少し驚いたような声をあげた。

「お店の暖簾もかかってなくて。中の電気もついてなくて。三ヶ栄さんも悦子さんも店に来てないみたいなんです。佐藤さん、なにか聞いていますか？」

沈黙が流れる。怪訝に思っていると、佐藤さんはゆっくりと口を開いた。

「俺、一応一昨日までの契約だったし……」

そうなのだ。佐藤さんは大学の入学金が貯まるまでのアルバイト。一昨日、無事目標額を達成して、契約も終わったのだった。

「……外、雨降ってるだろ。どこか室内で待っとけ、風邪ひく。どうせまた修道館から呼び出しかなにかがあったんだろう、あの人はしっかりしているようで抜けてるからな。心配するな」

ぶっきらぼうな物言いでも、気遣いの言葉をくれた。

ありがとうございます、そうお礼を言って電話を切った。向かいの駄菓子屋さんで雨宿りさせてもらうことにした。しかしその日、三ヶ栄さんから連絡がくることも、店の電気がつくこともなかった。

＊＊＊

翌日も昨日の天気を引きずるように雨だった。

部屋の窓から見える空は暗い灰色に覆われ、ポツポツと雨が降っている。なにか悪いことが起こる前兆のような気がして、嫌な天気だなあと呟く。

スマートフォンの発信履歴を開くと三ヶ栄さんの名前で埋まっている。朝早くから迷惑かなと思いつつ、もう一度かけてみる。けれど、やっぱりつながらない。

どうして突然連絡が取れなくなったのかまったく見当もつかなくてただただ困惑するばかりだ。

窓を叩きつけるように降る大粒の雨を見てふと、四月のあの日、三ヶ栄さんと大阪城の下で出会った日のことを思い出した。三ヶ栄さんと偶然出会ったのも今日みたいな雨の日だった。

コンコンと部屋のドアがノックされてお母さんが顔を出す。

「天音、今日バイトはないの？」

「うん……」

昨日、帰宅してすぐに三ヶ栄さんと連絡がつかないことをお母さんに相談した。その事情を知っているお母さんは不安げな表情をみせる。「そうか、きっと大丈夫だよ」と小さい子供に言い聞かせるように笑って言った。

視線を落とすと妹の幸音がお母さんの陰から顔を覗かせてそっとこちらを見ていることに気がついた。

「よし、幸音。ゲームしようか」

なにか気を紛らわせたかったのだ。

「する！」

元気に頷いた幸音に微笑みを浮かべ私は部屋を出た。


昼前になってインターホンが鳴った。リビングで幸音と遊んでいた私にお母さんが「天音、出てー」と言う。

「待っててね」

幸音の頭をポンと撫でると、はーい、とご機嫌な返事がきた。私が立ちあがると幸音はお気に入りのぬいぐるみで遊びはじめたので、その姿を確認してから急ぎ足で玄関に向かい、内鍵を開けた。

「お届け物です。サインお願いします」

緑色のキャップをかぶったお兄さんは笑顔で伝票を差し出した。ありがとうございます、と言いながらサインをして荷物を受け取る。届いたのは小さめのダンボール箱で備考欄に「ワレモノ」と書いてあった。それを小脇に抱えるついでに玄関前のポストの中も確認しようと傘を差して外に出た。

ポストを開けると、宣伝のチラシにＤＭが数枚と、手紙が一通届いていた。それらをパラパラ見ながら家に入る。

「あ、私宛だ」

その手紙はまっ白い封筒に「神谷天音様」と書かれていた。裏を見るも送り主の名前は書かれていなかった。中身を破らないように気をつけながらそっと封を切り中身を取り出す。中には白いカードが一枚。

ちゃんとした形で、
はよ言わなあかんかったのに堪忍な。
やくふごの仕事、辞めてもらいます。
三ヶ栄惣七

最後に書かれた名前に私は目を開く。そしてもう一度読み返す。

「え、辞め……」

カードを持つ手が震えていた。抱えていたダンボール箱を床に落としてしまい、カシャンと食器がこすれるような音がした。その音で我に返り視線をダンボール箱に向けると、住所が書かれた欄に目がいった。よくよく見れば『やくふご』の住所だった。考えるよりも先に体が動きダンボール箱を無理やりこじ開けた。

「これ、私の」

きれいに畳まれたからし色の作務衣と小豆色の作務衣。つくってもらった『やくふご』の印が入っている羽織に、前掛け。バックヤードの食器棚に置いていた陶器のマグカップがふたつ。作業するときに邪魔にならないように髪を束ねるための桜柄のシュシュ。このシュシュは『やくふご』で買ったものだ。全部、『やくふご』に置いてもらっていたもの。

「どう、して」

かさっと音を立てて私の手からカードがフローリングの上に落ちる。目の前が、まっ暗になった。カードに書かれていた文字は三ヶ栄さんらしくない、急いで書いたような少し雑な字だった。

＊＊＊

三ヶ栄さんがいなくなって二週間以上経った。

その間何度も『やくふご』へ行ったけれど、一度たりとも三ヶ栄さんと会うことはなかった。三ヶ栄さんにも『やくふご』にも何度も電話をかけているのに、一度も繋がることはなかった。悦子さんならなにか知っているかもしれないと思ったけど、連絡する術を私は知らない。

「天音、元気だしいや。そんなしょぼくれた顔しとったら、ほんまにええことなんも起きひんで。ほら食べ」

響ちゃんは心配そうに眉をひそめながら私にお菓子を差し出した。

「うち、三ヶ栄さんのこと嫌いやわ。突然辞めさせて自分は消息不明とか、どんだけ心配かけんねん！」

紙パックジュースのストローをガジガジと噛みながら、響ちゃんは苛立たしげにそう言って机をドンッと叩いた。そんな響ちゃんに苦笑いを浮かべて、落ち着くように宥《なだ》めた。

「やっぱり顔だけの男はあかんで天音。あんなんこっちから願いさげや！」

「ちょっと響ちゃん、声大きいよ。それに願いさげって」

「知らん！　ああめっさ腹立つ！」

私の代わりに感情を顕《あらわ》にしてくれる人がいるから、案外今こうして落ち着いていられるのかもしれない。気がつけば冬休みももうすぐという時期に迫ってきていた。

「天音もバイトないし、十二月はめっちゃ遊ぼうな！」

「うん……そうだね」

私は無理やり頬を引き上げて、笑顔で頷いた。

家への帰り道。突き刺すような風が吹く。吐く息が白い。沈む夕陽に切なさを覚え、町並みもなんだか寂しい風景だった。

私はクビにされたということなんだろうか。でもあの三ヶ栄さんが本当にそんなことをするだろうか。信じられないけれど、二週間以上連絡がつかないのは事実で、そろそろ新しいアルバイトを探したほうがいいかな。

そう思いを巡らせていると、ブレザーのポケットに入れていたスマートフォンがブルブルと震えた。知らない番号が表示されている。

もしかして。私は立ち止まって通話ボタンをスライドした。

「もしもし」

「久しぶりやな、天音さん」

どきりと胸が高鳴った。優しくて心地のいい声。けれど、私が思う人の声とは少しちがう。ちがうトーンなのに、とても雰囲気のよく似ているこの声の持ち主は。

「お久しぶりです、店長」

そういや、文化祭の日に一方的に番号を聞かれて教えたんだった。

「おう、学園祭ぶりやな。天音さん、そこに惣七おるやろ、代わってくれへん？　あいつ、電話潰れてるんか知らんけど、出よらへんねん。それに店の電話にも。修理中か？」

「あ、あの。店長」

「ん？　どないしたんや。惣七そこにおらへんのか」

不思議そうな声でそう尋ねてくる店長。喉の奥がつっかえるような感覚がして、ゆっくりとひと言告げた。

「私、クビになったんです」

「え？」

「二週間くらい前くらいに」

は？　と間抜けな声が電話越しに聞こえてきた。そしてしばらくの沈黙の後、店長の焦った声が聞こえた。

「え、ちょおみっき。クビて、なんで。だって惣七のやつあんなに天音さんのこと」

店長の混乱する声。

手紙が届いたこと、私物が送られてきたこと、『やくふご』のお店がずっと閉まっていること。順に説明していくと、店長は突然慌てたように声をあげた。

「天音さん今どこにおる！」

「えっと、家の近くです」

「後生や、今すぐ惣七を捜してくれ！　心当たりのあるところ、今すぐ行ってくれ！」

店長の必死な声に、なぜか不安が募り嫌な動悸《どうき》がしはじめた。

「俺も今から大阪に戻る。今、羽田やから大阪まで三時間はかかる。お願いや天音さん、今すぐ惣七を捜しに行ってくれ！　きっと天音さんにやったら、なにか手がかりになるもの残してるはずや。頼む天音さん！」

詳しいことは帰って話す、それだけを言い残して店長は通話を切った。

「え、店長」

スマートフォンの画面を見ながら、唖然《あぜん》とする。なぜか嫌な予感がしてならない。胸が騒ぐ。スマートフォンをブレザーのポケットにねじ込むと、全速力で家に向かった。

手がかりになるものと言われて思いついたのは、ふたつ。送り返されてきた私物の詰まったダンボール箱と、三ヶ栄さんからの手紙。

家の玄関に飛び込むように入り、自室に続く階段を駆け上がる。ベッドにカバンを放り投げ、引き出しの奥にしまった手紙を取り出した。

まっ白い封筒の中に入った、掌サイズのまっ白いカード。封筒には、私の名前と家の住所。カードには、三ヶ栄さんらしくない殴り書きのような筆跡の三行の短いメッセージ。

考えろ、私。落ち着いてよく見て。

まずどうして三ヶ栄さんは、こんな殴り書きのような字でこれを書いたのか。

私が殴り書きする場合は、どんなとき？

それは、急いでいるとき。三ヶ栄さんはなにか急を要していたのかもしれない。

そしてこの文面には、なんの意味がある？

ちゃんとした形で、
はよ言わなあかんかったのに堪忍な。
やくふごの仕事、辞めてもらいます。

今まではなにも感じなかったこの文面に、少し違和感を感じる。

じっと、文面を見つめた。カチカチと壁にかかった時計の秒針が動く音だけが聞こえる。

「あれ……これ横に読むと」


——ちはや。


頭の中に、まっ赤な紅葉の映像が浮かんだ。平安時代の歌人、在原業平朝臣《ありわらのなりひらあそん》が詠んだ歌。

『千早ぶる神代もきかず龍田川 からくれなゐに水くくるとは』

学園祭の帰り道、三ヶ栄さんが「ええ歌やね」と言った。私はそのときの三ヶ栄さんの顔が印象的で家に帰って歌の意味を調べたのだ。

不思議なことばかりが起きていたという神代の昔でさえも聞いたことはない。竜田川が一面に紅葉を散り流して、紅色に水を絞り染めにしているということは。

もみじという単語を使わずに、紅く染まったもみじの葉を表現している、この歌の情景を思い浮かべる。すると。

思い出した。

『やくふご』の入り口には、紅葉の柄の入った徳利を背負った大きな狸の置物が置かれている。

考えるよりも先に、体が動いていた。

考える暇なんてない。一刻も早くお店に行かないと！

なんだか取り返しのつかないことになるような気がして恐ろしかった。息をするのも忘れるくらい必死に走った。三ヶ栄さんにいったいなにがあったのか、見えない不安に心臓がドクドクと早く鼓動を打ちはじめる。

天満橋駅に着くと、ぽつりぽつりと雨が降りはじめた。人の波をかき分けるようにして、走る。横腹が痛くなって足がもつれて息が続かなくなって、何度も転びそうになった。それでも必死に走る。

『やくふご』の店の前は変わらず、明かりもついてなく暖簾もかかっていない。まったく人の気配を感じなかった。

ドクドクとうるさい心臓を服の上から押さえ、深呼吸を繰り返しながら狸の置物に近づいた。狸の肩から徳利を取って小さく上下に振れば、銀色の鍵がかしゃんと落ちてきた。

これは、もしかして『やくふご』の合鍵。

震える手で、入り口の鍵穴に差し込む。なんの違和感もなくすんなりとまわって、小さな音を立てて鍵が開いた。

扉を開けて、中に入った。手探りで入口横の電気のスイッチを探す。指先に触れた突起をパチンと押せば、柔らかいオレンジ色の光が灯った。灯しだされた店内の様子を見て、私は息をのんだ。棚に並べられていた反物は、グシャグシャになって床に落ちている。私が初めて来たときからずっと衣紋掛けにかかっていた『菊寿』の振り袖も、床に落ちていた。三ヶ栄さんが大切にしていた商売道具の裁縫箱も床にひっくり返っていた。まるで強盗にでもあったような店内。

靴を脱いで畳の上にあがると、畳についた不自然なシミが目に入った。よく見ると黒ではなく、赤黒い大小異なるそれに背筋が凍った。

そのとき、ギシッと床が軋む音がして、はっと顔をあげた。二階からだ。私はバックヤードへと続く暖簾をくぐり、音を立てないようにして階段をあがる。

階段をあがってすぐの部屋が書道とそろばん教室用のスペース。そこに誰もいないことを確認したその瞬間、ゴンッと鈍い音がした。

廊下奥にある作業部屋からだ。私は閉まっていた扉を静かに開けた。

視界に飛び込んだ光景に、言葉を失った。

三ヶ栄さんが作業部屋の隅で、壁にもたれかかるようにして座り込んでいる。虚《うつ》ろな瞳をして、その頬は本来の色を失っている。それにぶたれた痕のような赤黒い痣《あざ》。唇の端からはまっ赤な血が流れ顎をとおって滴り落ちていた。私は三ヶ栄さんに近づこうとした。

そのとき、別の人の声が聞こえた。

「るか？」

三ヶ栄さんの近くに黒いワンピースを着た女性が立っていた。髪はグシャグシャに乱れ、虚ろな目をしていた。

「ねえ、るか。るかまでお母さんを捨てちゃうの？　そんな悪い子だったの？」

女性はふらりふらりと三ヶ栄さんに近づく。三ヶ栄さんのことを「るか」と呼んだその人は、三ヶ栄さんの前で跪いて、その顔を両手で挟んで持ちあげた。

「……っ、やめて」

三ヶ栄さんは頭を抱える。

「どうしてお母さんに楯突《たてつ》くの、どうして皆そうなの！」

お母さん。女性の口からその言葉が出てきて、はっと息をのむ。この人が、三ヶ栄さんのお母さん。

女性がヒステリックな声をあげ手をふりあげた。その瞬間私は思わず叫んだ。

「やめて！」

女性が振り返る。虚ろな瞳の三ヶ栄さんも、私のほうを見た。

「あま、ねさ……」

涙があふれそうになった。三ヶ栄さんのその声を聞いて、女性がさらに声を荒らげた。

「ああああっ！　るか、るか、るか！　あなたはるかなのよ！　ほら、いつもみたいに喋ってちょうだい、かわいいるか」

女性が三ヶ栄さんの首に手を添えた。表情が、恐怖で染まる。

「……っ、やめてや。僕は……」

くっ、と声を詰まらせ苦しそうに目を見開く。私はいてもたってもいられず勢いよくその女性を突き飛ばしてしまった。

「や、やめてください！」

恐怖で声が震えた。私は三ヶ栄さんを庇うように、その頭を抱き寄せた。冷たい三ヶ栄さんの体は小刻みに震えていた。女性は金切り声をあげた。

「私のるかに触らないで！　かわいいるか、私の子。触るな触るな触るな、触るなっ！」

女性の拳が私めがけて振りおろされる。三ヶ栄さんの頭を抱き寄せて身を縮めたが、ゴンっと鈍い音とともに額の端に激痛が走った。一瞬ふっと意識が遠のく感覚がした。

「私しか愛してあげられないのよ、私の愛だけがすべてなのよ！　私の息子。お母さんだけを愛して、お母さんだけに愛されて！」

「やめて！」

声が震える、喉の奥がつっかえる。胸が張り裂けそうなくらいドキドキと心臓が鳴って、恐怖で震えが止まらない。

でも、三ヶ栄さんを守らなきゃいけないってそう思った。身を呈《てい》してでも。

三ヶ栄さんと出会って、心から愛おしいと思う気持ちを知った。三ヶ栄さんは私の大切なものを思い出させてくれた。そして愛されることの喜びも知った。お父さんとお母さん。ふたりからもらってきた無償の愛を知った。見返りを求めない、最上級の愛。

私だけじゃない。この店で働いて、たくさんの愛が繋がるのを見てきた。

「黙れ、黙れ！　るかは私だけの愛を知っていればいいのよ。どうしてるかはどんどん、あいつみたいになっていくの。私のかわいいるかが、まるであいつにそっくりよ。いや、いやあああ！」

半狂乱となった女性は、髪を振り乱しながら叫ぶ。恐怖にぎゅっと目をつぶり三ヶ栄さんを抱きしめたまま体を縮めた。そのとき、ドタドタと階段をかけのぼってくる足音がして扉が勢いよく開いた。

「やめろ！　惣七は俺の息子や！　それ以上手ぇ出したらただじゃすまさんぞっ」

店長だった。

なにも考えられない頭で、助かったんだ、とだけ理解した。目の前がぼやけて、力が入らない。ふっと力が抜けて、三ヶ栄さんの肩によりかかるようにして倒れ込んだ。

意識が遠のいていく中で、なにかに包み込まれるような感覚を感じた。

第一に、まっ白な天井が視界に入った。前にも同じようなことがあったな、とぼうっとする頭で考えた。あのときと同じ、ここは病院なんだろう。

そして左手の掌を包み込む温かいなにかに気がつき、少し掌に力を入れると、ガシャンッとなにかが倒れるような音がした。焦点の合わない視界の先に、誰かの顔が映り込む。ふわふわした髪の毛がなんとなくわかった。次の瞬間、背中に手がまわされグイッと抱き起こされる。背中と頭に手がまわされた。私の体に触れる冷たい体。

この優しい手の感じを私は知っている。痛いくらいに抱きしめられる。背中に手をまわすと少し震えていた。

「ごめんな」

耳元で囁かれたのは、ずっと聞きたかった声。もう一度腕に力を込めた彼は、その体を離して私をそっと寝かした。

そして私から遠ざかっていく背中が見える。

だめだ、今この背中が去っていくのを見送ってしまえば、もう会えなくなる。呼び止めないと、繋ぎ止めないと。

「み、三ヶ栄さん」

声を発すると同時に、頭の奥がずきんと痛んだ。ドアの前に立つ背中がビクリと揺れた。

「待って、ください。待って」

体を起こすと目の前がぐにゃりと歪んで、あまりの気分の悪さに吐きそうになった。

三ヶ栄さんはこちらを向いてくれない。

「お願いや、天音さん。もう僕に関わったあかん。なにも見いひんかったことにして」

三ヶ栄さんの震えた声が聞こえた。あんなにも強い人がひどく傷つき泣いている。震えている。

ここで諦めちゃだめだ。ここでこの背中を見送ればすべてが終わってしまう。

「……見たやろ天音さん。僕のお母さん、狂ってんねん。僕はそんな人から生まれたんや。そんな人が、誰かを大切にできると思う？　僕もいつか同じように狂ってしまうんや。だから誰も愛したらあかんて決めたんや。それに天音さんは、天音さんだけは傷つけたくない。わかってや」

傷ついている。自分の言葉で三ヶ栄さんはひどく傷ついている。

でもちがうよ、三ヶ栄さん。あなたは狂わない。あなたはすばらしい人。愛されて、大切にされている人。

「人の痛みをわかって、人を幸せにできて、人を大切にできて。人に愛されて、人から大切にされる……三ヶ栄さんはそんな素敵な人じゃないですか」

三ヶ栄さんは怖いんだ。いつか自分も人を、歪んだ愛で誰かを愛してしまうことが。先程見た三ヶ栄さんのお母さんのように自分もそうなるんじゃないかと、怖いんだ。

三ヶ栄さんは、ずっとひとりで、居場所なんてなくて、怖くて寂しかったんだ。

私は思った。

もしかすると、三ヶ栄さんが店の仕事も子供たちの教室も、なんでもこなしてきたのは、自分の居場所を失いたくない、誰かに自分を必要としてほしいという思いからだったのかもしれない。

きっと三ヶ栄さんは「なんでもできる人」なんかじゃない、人一倍努力を重ねてきた人なんだ。

背を向けていた三ヶ栄さんが、ゆっくりと振り返る。やっと顔が見えた。頰に当てられたガーゼがひどく痛々しかった。

私はまっすぐに三ヶ栄さんの目を見た。

その瞬間、三ヶ栄さんは顔をくしゃりと歪めた。

「こんな僕でええん?」

震えた声でそう聞いてきた。私は何度も何度も頷いた。ベッドから起きあがって三ヶ栄さんのもとに行く。吐き気も痛みも気にならない。三ヶ栄さんの掌の震えが止まればいいとその手をぎゅっと握りしめた。冷たいその繊細な手に私の熱が移ればいいと思った。

「三ヶ栄さんがいいんです。三ヶ栄さんだから、いいんです」

ああ、私の声も震えている。

気がつけば、頰に熱いものが流れていた。三ヶ栄さんの顔がぼやけて見える。そのぼやけた視界の先でさえ、三ヶ栄さんの表情がこんなにも切ない顔に見えるなんて。

「いつかおかしくなってしまうかもしれへん、時限爆弾抱えてるのとおんなじやねんで」

何度も何度も頷いた。それでもいい。

「三ヶ栄さん、ここにいてください。私は、爆発物処理班にでも、なにでもなりますから」

「天音さん……それ、色気のかけらもない」

三ヶ栄さんが、少し苦笑いした。

「でも、めちゃくちゃ嬉しいわ」

三ヶ栄さんの手が離れ、その手は私の背中にまわされた。そして、強い力で引き寄せられる。厚い胸板にとんっと頬が当たった。私も、その大きな背中に手をまわした。ドクドクと聞こえる鼓動が、耳元で聞こえる吐息が、胸を熱くする。

「三ヶ栄さんが私に居場所のヒントをくれたから……助けを求めてくれたから……」

よかった、と心の底から思った。

「助けて、ほしかった。でも傷つけたくなかった。矛盾してるけど、もし天音さんが気づかんくても、それでええと思ってた……でも天音さんは、来てくれた」

私を抱きしめる腕の力が一層強まった。

「大切にして、大事にして！　僕も天音さんを大切にしたい！」

三ヶ栄さんの心の叫びを聞いた。痛いくらいに私を抱きしめる。

「三ヶ栄さん、前に私の居場所はたくさんあるって言ってくれましたよね。三ヶ栄さんの居場所もたくさんあるはずですよ。だから、私のそばにいてください。今までたくさんの幸せをもらった分、三ヶ栄さんを幸せにしたいですっ……」

大切にしてほしい、大切にしたい。私たちにはこれだけで十分だった。

ここは私の居場所。教えてもらったたくさんの幸せを、今度はあなたに。幸せをあなたに返したい。

御福をあなたに。

＊＊＊

ふう、と小さく息を吐き『やくふご』の紫色の暖簾を見あげる。たった数週間来なかっただけなのに、ここに立つだけで胸がじんわりと熱くなる。いつの間にか、私にとっても『やくふご』は大切な場所になっていたことがわかった。

さあ中に入ろう、と扉に手をかけたそのとき、「神谷！」と名前を呼ばれ振り返る。誰かが遠くからこちらに向かって走ってくる。私は目を丸くした。

「佐藤さん！　どうしたんですか、そんなに息を切らして！」

「どうした、て。お前……」

制服姿の佐藤さんは、膝に手をつき吐き苦しそうに肩で息をする。そして大きく息を吐くと顔をあげた。

「神谷が泣きそうな声で『店長代理がおらんなった』って言うし、それからなんの連絡ないし……」

佐藤さんは、怪訝な顔を浮かべながら暖簾のかかった店を見あげた。

「……あ、ああ！」

三ヶ栄さんと連絡が取れず、不安になり、すがるような気持ちで佐藤さんに電話したのに。バタバタとしていてその後すっかり連絡するのを忘れていた。あの事件から数週間が経ち、頭の傷もすっかり癒えた。やってしまったと思い、顔が引きつる。

「あら、あんたらこんな店の前でなにやってんの」

佐藤さんの後方に不思議そうに首を傾げた悦子さんが立っていた。

「え、悦子さん！」

「な、なんや天音ちゃん。そんなでっかい声出して」

思わず悦子さんに駆け寄る。悦子さんは目を瞬かせた。

「い、今までどこにいたんですか！　私、ずっと悦子さんに会いたくて！」

「どこにって。惣ちゃんから聞いてないん？　うち、簡単な膝の手術するために入院しとってんで」

「手術……手術？」

変な天音ちゃんやな、怪訝な顔でそう言った悦子さんは「ほなお先に」と、私と佐藤さんの間をすり抜けて店の中へ入っていった。

「あ、あの。佐藤さん」

「……なんとなく事情はわかった」

疲れたような表情を浮かべた佐藤さんは、額に手を当てて俯く。

「あの、事情を説明したいので、とりあえず中に……」

「いや、もうええ。どうせあのアホ店長代理のせいで大変なことになって、神谷もそれに巻き込まれたんやろ」

簡単に言えば、その通りだ。

佐藤さんは深い溜息を零し、「疲れたし、帰るわ」とだけ言うとくるりと踵を返し、天満橋駅のほうへ歩き出した。小さくなっていく背中を見て、申し訳なさが募る。あとでちゃんと説明しよう。そう心に決め、気を取り直すように「よし」と呟き、店の扉を開けた。

「おはようございます！」

「おはようございます、天音さん」

文机に向かって帳簿をつけていた三ヶ栄さんはにこやかな笑みで迎えてくれた。私はその笑顔を見ながら怒濤のように過ぎ去ったここ数週間の出来事を思い出した。

警察の事情聴取、お店の片付け、病院での検査。私の周囲はかなり慌ただしかった。落ち着いた頃、警察で三ヶ栄さんと店長から事件のすべてを聞いた。

「僕、イギリス生まれやねん。イギリス人のお父さんと日本人のお母さんの子供。今は三ヶ栄惣七って名乗ってるけど、前はるかって名前で。惣七は僕が六つのときに養子に入ってからや。今のオトンは義理の父、って言うたらええんかな」

初めて会ったときから三ヶ栄さんの容姿がなんとなく純日本人の感じがしないと思ってはいたけれど、本当にハーフだったなんて驚きだ。続けて、店長が口を開いた。

「こいつのオトン最悪でな。浮気性でフラフラしてて、結局最後は離婚届置いて出ていきよってん。ほんでオカンは人が変わったように惣七に干渉するようになって。外にも学校にも行かせてもらえんと、家の中に閉じ込められとったんや」

知らされた事実はあまりにも残酷で、私は言葉を失った。

「気が向いたら飯食わせて、気が向いたらかわいがる。それこそ籠の中の鳥、リードでつながれた犬みたいな生活をしてたんや、こいつは」

当時の三ヶ栄さんのことを思い出したのか切なげに目を細めた店長は、乱雑に三ヶ栄さんの頭を撫でた。三ヶ栄さんは迷惑そうに目を細めたが、黙ってその手が止まるのを待っていた。

「……惣七な、くっそ寒い日に道端にひとりで座り込んでてん」

「家を飛び出して、でもどこにも行くところがなくて道端に座り込んでたとき、ちょうどイギリスに観光に来てたオトンが僕の前に現れてな。首根っこつかんで言うたんよ。『生きたいか？』って」

当時のことを思い出しているのか三ヶ栄さんはクスクスと笑いながら言った。ていうか店長、初対面の子供相手に首根っこつかんでそんなこと言ったんだ……。

「日本語なんて僕わからんくて、このおっさんなに言うてんのやと思っててんけど」

三ヶ栄さんは目を細めて、微笑みを浮かべた。

「このおっさんの手を取るべきやって、なんとなく思っててん」

　きっと当時の三ヶ栄さんにとって、店長は光そのものに見えたんだろう。救いの手を差し伸べてくれた、光。

「まあ、出会ったときからオトンはほんまに破天荒でな。とりあえず、僕がイギリスから出るにはパスポート取得しなあかんからって、お母さんの目を盗んで何度も我が家に侵入していろいろ漁ってたりしたんよ」

「人聞き悪いこと言うなや！　必要な書類とか、探しとっただけや」

「麦酒は必要とちゃうと思うけど」

「うっさいボケ！」

　そんなやりとりに、声をあげて笑った。相変わらず、仲がいいんだか悪いんだか。でもふたりの顔は本当に穏やかで、幸せそうだった。血は繋がってないのに、このふたりはやっぱりよく似ている。親子なんだな。私も家にいるお母さんを思い出した。

「初めて会ったときのこいつ、全然笑わんし目ぇも輝いてへんし、めっさつまらんぼろっちいガキやったわ」

　その言い方が気にいらなかったのか三ヶ栄さんが「ぼろっちいガキ、て」と呟き唇を尖らせる。

「ボロボロやったやんけ。お前も……あの人も」

　静かにそう言った店長。三ヶ栄さんは目を見開いた。

「あの人は、さみしかったんや。人は孤独を感じたとき、誰かのぬくもりを求めて必死になってしまう。ひとりの悲しみと恐怖から助かりたいと、まわりが見えんくなる。あの人だけじゃない、皆そうや。誰が悪いとかじゃないねん」

慈愛に満ちた瞳で三ヶ栄さんにそう言った店長は、もう一度三ヶ栄さんの頭を撫でてから手をゆっくりおろした。

「あの人、惣七がおらんくなってからいよいよ病んでしもて、入院しとったんや。俺も最初は親権とかいろいろめんどくさいことをあとまわしにしたおかげで、手続きとかでイギリスと日本を行ったり来たりしなあかんハメになって、そのついでに様子見に行ってててん。あんなんやけど惣七の母親やしな。ここ二、三年はよりひどなってな。手続きは終わっとったけど、今でもたまにイギリスに様子を見に行ってたんや。しっかし一昨日は病院におらんからあせったわ!!」

と、旅行と称して、いなくなっていた理由を店長は隠すことなく言った。それに一番驚いていたのは三ヶ栄さんだった。

「そや、天音さん。三ヶ栄惣七の「惣」の字は沖田総司さんの名前から取ってるんやで」

三ヶ栄さんは嬉しそうにそう教えてくれた。ちなみに言うと、昔の人は名前の「音」を重視していたらしく、音さえあっていれば漢字は気にしなかったらしい。だから、沖田さんの名前でも「総二」とか「惣司」とかいろんな表記が残っている。

「それにしても天音さん、よう惣七の居場所がわかったな」

「あ、それは三ヶ栄さんからもらった暗号のおかげなんです」

暗号？　と怪訝な顔をした店長にあの日の私の推理をそのまま伝えると、店長は興味深げに「へえ」とニヤリと笑った。

「惣七、『天音さんだけは傷つけたくない』んとちゃうん？」

肘で三ヶ栄さんを突きながらにやにや笑みを浮かべた店長がそう尋ねる。

「……そうや、天音さんだけは傷つけたくなかった。でも、なぜかはわらんけど、気がつけばあれを送ってた。傷つけたくないなんて言いながら、もしかしたらほんとは天音さんを呼んでたんかもしらへん。見つけてほしかったんかもしらへん、ほかの誰にでもない、天音さんに」

「天音さん、どうかしましたか？」

三ヶ栄さんは入り口で固まったままの私を不思議そうに見る。なんでもないです、と慌てて答える。

すべてひと段落ついて、こうした平和な毎日が送れるようになり、なにもかもがもとどおりになった。

ただひとつ変わったことといえば……。

「家で怪奇現象がおこる？　祓《はら》ってもらえばいいんじゃないですか」

「遺産相続問題？　ちゃんとしたところに頼んでください」

「家出した猫を捕まえてほしい？」

「酢豚に果物を入れるべきか？」

毎日のように事件や悩み事が持ち込まれる。三ヶ栄さんはそれらに頭を悩ませていた。じつはこれは私のせいだったりする。三ヶ栄さんがこれまで解決してきた数々の事件のことを私が店長の前でぽろっと呟いてしまったのだ。店長はそれを知るや否やあっという間に「なあ聞いて！　うちの息子すごいねんで！」とあちこちに広めてしまった。

前よりも賑やかになって私は少し嬉しいのだけれど、三ヶ栄さんは迷惑そうだ。毎日のように「ちょお、うちは呉服屋やで。冷やかしなら帰ってや！」と、ご近所のおばさんたちを怒っている。

大阪城京橋口より徒歩すぐのところにある、そんな老舗呉服屋『やくふご』は「ごふくを貴殿に」のキャッチコピーを掲げ、今日も大阪城の下で賑やかに商売をしている。当店の店長は旅行好きで不在がちかもしれませんが、彼の息子の若店主が、あなたに素敵な「ごふく」を届けます。

『やくふご』に来ればかならずあなたは、素敵な「ごふく」に出会えますよ。

〈完〉

あとがき

はじめまして、三坂しほと申します。

この度は、『大阪城下 老舗ごふくや事件帖』を手に取っていただきまして、本当にありがとうございます。


この小説を書こうと思うようになったきっかけは、本作に登場した惣七が大尊敬する「新選組」です。惣七と同様、新選組が大好きな私は、彼らの素晴らしさを広めたいという安易な理由で書きはじめたせいか、完結後も小説の中の「芯」となる部分が定まっておらず、書籍化のお話を頂き編集作業に入った途端、ひいひいと言う羽目になりました。

そして、アドバイスをいただきながら、軌道修正していくうちに少しずつ見えてきたのが、「家族愛」でした。

作中で一丁前に語っておきながら、私は愛を語れるほどの人生経験を積んでいない、どこにでもいるような高校生です。そんなたった十七年しか生きていない私でも知っている愛のひとつが、「家族愛」。それは親から与えられる無償の愛。

私は惣七や天音のような悩みを抱えずして、両親から無償の愛を与えてもらい、何不自由なく過ごしてきました。

ですから作中の言葉はきれいごとのように聞こえるかもしれません。それでもこの作品の中で皆様の心に残る一文があったのなら、読後に大切な人の顔を思い浮かべてくださったのなら、それ以上の喜びはありません。

最後になりましたがこの場をお借りして、いつも楽しみに待っていてくださる読者様、一番のファンでいてくれた家族、このような素敵な機会をくださった小説投稿サイトＥ★エブリスタの皆様、出版に当たってご尽力くださった皆様へ、心からお礼申し上げます。

本当に、ありがとうございました。

皆様のこれからにたくさんの「ごふく」がありますよう、心よりお祈り申し上げます。

三坂しほ

この物語はフィクションです。
実在の人物、団体等とは一切関係がありません。

■主な参考文献
『大阪の教科書 大阪検定公式テキスト』橋爪紳也監修（創元社）
『新選組を探る』あさくらゆう（潮書房光人社）
『京都新選組案内──物語と史跡』武山峯久（創元社）
『D坂の殺人事件』江戸川乱歩（角川書店）
『眠れないほどおもしろい百人一首』板野博行（三笠書房）

三坂しほ先生へのファンレターの宛先

〒101-0003　東京都千代田区一ツ橋2-6-3　一ツ橋ビル2F
マイナビ出版　ファン文庫編集部
「三坂しほ先生」係

大阪城下 老舗ごふくや事件帖

2018年1月20日　初版第1刷発行

著　者　三坂しほ
発行者　滝口直樹
編　集　庄司美穂（株式会社マイナビ出版）　須川奈津江
　　　　脇 洋子
発行所　株式会社マイナビ出版
〒101-0003　東京都千代田区一ツ橋2丁目6番3号　一ツ橋ビル2F
TEL　0480-38-6872（注文専用ダイヤル）
TEL　03-3556-2731（販売部）
TEL　03-3556-2736（編集部）
URL　http://book.mynavi.jp/

イラスト　銀行
装　幀　高橋明優+ベイブリッジ・スタジオ
フォーマット　ベイブリッジ・スタジオ
DTP　株式会社エストール
印刷・製本　図書印刷株式会社

 ISBN978-4-8399-6466-5
Printed in Japan

JASRAC 出 1714605-701

Fan
ファン文庫

浄天眼謎とき異聞録
～双子真珠と麗人の髪飾り～

著者／一色美雨季
イラスト／ワカマツカオリ

人気のレトロ浪漫ミステリー！
新作には怪しくも美しい祈祷師が登場

時は明治、浅草。物に触れれば宿る記憶が見え、
人に触れれば心を読むことができる摩訶不思議な力――
浄天眼。それを持つ戯作者・燕石が謎ときに挑む！